Hartmut Lange

Der Abgrund des Endlichen

Drei Novellen

Diogenes

www.diogenes.ch
30/09/8/1
ISBN 978 3 257 06715 6

Ich bedanke mich
für die Mitarbeit meiner Frau

Inhalt

Mathilde oder Der Lichtwechsel

I

An der Ecke zwischen der Nassauischen und der Gasteiner Straße gibt es eine Autowerkstatt. Hässliche, keine drei Meter hohe Hallen umgrenzen ein großes, zubetoniertes Viereck, auf dem Autos hin und her rangiert werden. Tagsüber sind die Metalltüren geöffnet, man hört den Lärm der aufheulenden Motoren, und hin und wieder überquert einer der Monteure den Hof, um zu einem flachen Steingebäude zu gelangen, in dem das Büro untergebracht ist. In Richtung Nassauische Straße ist das Gelände frei und lediglich von einem Drahtzaun umgeben, in der Gasteiner Straße passiert man eine abweisende Fassade mit niedrig gehaltenen Fenstern, durch die man ins Innere der Werkstatt sehen kann, und wenn man die Straßenseite wechselt, bemerkt man, dass das Dach der Werkstatt von einem Giebel überragt wird. Darunter zwei zugeklebte Fenster, deren Stürze Verzierungen aufweisen, und zwischen den Fenstern auf einem Sockel, der ins Mauerwerk eingelassen ist, ein Frauenkopf.

Kein Zweifel, dort stand, bevor man die schmalen Wände der Autowerkstatt errichtet hatte, eine Remise aus der Zeit der Belle Époque.

Der Frauenkopf ist schmal, die rötlichen Haare, die bis über den Nacken reichen, liegen eng angeschmiegt, das Gesicht mit den feinen, ebenmäßigen Zügen ist hell, beinahe weiß, ebenso der freie Hals, und der Giebel, der durch geschnitzte Balken gehalten wird, ist viel zu hoch, als dass er die Figur schützen könnte. Die Sonne dringt hier nur selten durch, so dass der Giebel mit der Figur immerfort im Schatten liegt, und nur Mitte Juni fallen durch das Laub der Bäume, die in der Gasteiner Straße aufragen, einige helle Flecken auf das Gesicht. Dies geschieht am Mittag. Aber Stunden später schon, am Nachmittag, wird der Horizont jenseits der Stadt irgendwie diesig, es ist die Dämmerung, die sich wie eine Brücke von Norden nach Westen hin ausbreitet, und zuletzt verwischen nur noch die Straßenlaternen die Konturen der hereinbrechenden Nacht, so dass der Giebel mit dem Frauenkopf kaum mehr zu erkennen ist. Und gab es überhaupt jemanden, der von den Resten dieser längst vergessenen Kutscherwohnung Notiz nahm, wo alle Zugänge vermauert waren und wo auch die Dachpappe über dem Giebel seit Jahrzehnten nicht mehr ausgebessert worden war?

Ja, doch. Es war Johannes Feldmann, der, wenn er an der Autowerkstatt vorbeikam, zu dem Giebel und dem Frauenkopf hinaufsah. Dies geschah flüchtig, und es war ja auch so, dass Feldmann während der Mittagspause kaum Zeit hatte, sich von dem Gymnasium, an dem er als Studienrat tätig war, zu entfernen. Zügig umschritt er ein Rechteck über zwei, drei Straßen hinweg, betrat eine kleine Bäckerei, um sich ein Brötchen zu holen. Die letzten Bissen waren kaum hinuntergeschluckt, dann war er schon auf der Höhe der Werkstatt, wo die Möglichkeit bestand, zu der Frauenfigur hinaufzusehen. Zugegeben, die Gelegenheit war kurz, und wenn man die wenigen Schritte, um von der Nassauischen in die Gasteiner Straße einzubiegen, hinter sich hatte, war die Sicht wieder verstellt.

Feldmann war einen Meter fünfundsiebzig groß, er hatte breite Schultern, die buschigen Augenbrauen gaben ihm etwas Einschüchterndes. Wenn er sprach, konnte er seinen badischen Dialekt nicht verbergen, und vor Ostern, meist in der Karwoche, fuhr er regelmäßig zu seinen Eltern nach Karlsruhe. Dann empfing ihn, oft war es spät, die Mutter mit einem gedeckten Tisch, und nun saßen die drei, obwohl der Vater es gewohnt war, früh ins Bett zu gehen, bis über Mitternacht hinaus beisammen und tranken Rotwein. Worüber redeten sie? Es war immer dasselbe. Die Mutter wollte wissen, ob es etwas Neues gäbe, Feldmann erzählte diese und jene Belanglosigkeit, der Vater erklärte, dass er nun endgültig beschlossen habe, sich pensionieren zu lassen, und zuletzt sprach man wieder darüber, wie unmöglich es sei, dass Feldmann zu seiner geschiedenen Frau keinerlei Kontakt mehr hätte.

»Du musst verstehen«, sagte der Vater, als er am nächsten Vormittag mit dem Sohn im Schlossgarten spazieren ging, »du musst verstehen«, sagte er, »dass es für Mutter immer noch unbegreiflich ist, dass es gewisse Neigungen gibt, die zu derartigen Konsequenzen führen. Und es war doch offensichtlich so«, fügte er hinzu, »dass du dir selber darüber nicht im Klaren warst.«

»Das ist richtig«, sagte Feldmann.

»Und bist du nun glücklicher?«

»Nein«, sagte Feldmann und in einem Ton, der es dem Vater nicht erlaubte, weiter darüber zu reden.

Auf der Rückfahrt nach Berlin versuchte Feldmann sein schlechtes Gewissen zu beruhigen, und er konnte nicht sagen, ob er wirklich erleichtert war, als ihm, kaum dass er seinen BMW geparkt hatte, ein junger Mann entgegenkam, der auf ihn gewartet hatte. Eine flüchtige Umarmung, dann fuhr Feldmann mit ebendiesem jungen Mann in die fünfte Etage hinauf. Er griff zum Schlüsselbund, man hörte, wie das Sicherheitsschloss zurücksprang, und nun stand die Tür, nachdem die beiden über die Schwelle getreten waren, sperrangelweit offen.

2

Ja, die sperrangelweit offene Tür. Sie war ein Problem. Feldmann musste darauf achten, dass keiner der Nachbarn in seine Wohnung sah. Sie war unaufgeräumt, schlimmer noch: Feldmann hatte die Angewohnheit, leere Schachteln samt Packpapier, sogar die übervollen Müllsäcke nicht auf der Stelle zu entsorgen, so dass sie sich hier und dort, vor allem im Korridor stapelten, und im Wohnzimmer sah man überall abgelegte Kleidungsstücke, wie Hemden, Jacken, Schuhe, die mit wenigen Handgriffen, hätte sich Feldmann dazu entschlossen, in den Schränken zu verstauen gewesen wären. Stattdessen saß er lieber, mit einem Glas Wein in der Hand, in einem großen Sessel und hörte sich in der knapp bemessenen Freizeit, die ihm blieb, Opernarien an. Manchmal zu laut, so dass jeder, der im Treppenhaus vorbeikam, Feldmanns Vorliebe für Puccini entdecken konnte, und nur wenn der Freund, mit dem er augenblicklich liiert war, wenn jener, der ihn nach seiner Rückkehr aus Karlsruhe vor der Haustür empfangen hatte, energisch auf den Klingelknopf drückte, trat augenblicklich Ruhe ein. Man hörte ein Räuspern, ein unterdrücktes Husten, das näher kam. Der Freund trat ein, die Tür wurde geschlossen.

Dies geschah zwei- oder dreimal in der Woche, und es kam regelmäßig vor, dass sich die beiden stritten und dass der Jüngere versuchte, sich zu rechtfertigen, und wenn dies nicht gelang, war Feldmann wieder allein. Dann brannte im Wohnzimmer noch lange das Licht, und Feldmann saß grübelnd in seinem Sessel.

Vielleicht dachte er über die Vorwürfe nach, die ihm die Mutter in Karlsruhe gemacht hatte und dass der Vater ihn, obwohl er sich dies verbat, immer wieder fragte, ob er nun, da er seinen Neigungen nachgegeben hätte, glücklicher sei, und er fand es unfair, dass seine geschiedene Frau nie versucht hatte, ein zweites Mal zu heiraten. Er stellte sich vor, was er tun würde, gesetzt den Fall, sie würden sich wieder begegnen und er müsste, wie er es gewohnt war, ihren vorwurfsvollen Blick ertragen.

›Denn immerhin‹, dachte Feldmann, ›wir waren, und dies über Jahre hinweg, im Einverständnis, und niemand, ich selbst eingeschlossen, hätte damals, als wir die Wohnung in Stuttgart bezogen, ahnen können, dass sich daran etwas ändern würde. Und was war es schließlich‹, dachte er. ›Dass ich irgendwann keine Lust mehr hatte, sie zu berühren, und dass sie darüber kein Wort verlor. Das ging eine Weile‹, dachte er, ›aber dann, als sie bemerkte, dass ich sehr wohl, während ihre Betroffenheit wuchs, bei allerbester Laune war und ständig mit jemandem hierhin und dorthin, zuletzt sogar in den Sommerferien unterwegs war, zuletzt stellte sie mir einige Fragen‹, und Feldmann erinnerte sich, wie ungläubig sie ihn angesehen hatte, als er ihr gestand, dass es vielleicht besser sei, nicht zu antworten.

›Und dann war da wieder dieses Schweigen, ja dieses Schweigen, da es ihr offenbar, wie der Mutter, unmöglich war, die Gründe zu verstehen, deretwegen wir eine Ehe für beendet erklären mussten, die keineswegs, dies wenigstens stand außer Frage, gescheitert war‹, dachte Feldmann.

Und um seine Stimmung zu bessern und weil es ihm unmöglich schien, weiter allein in der vollgestellten Enge des Wohnzimmers zu sitzen, suchte er eine nahe gelegene Bar auf, mischte sich ins Gedränge an der Theke, sah dem arroganten Gehabe des Barkeepers zu, der, als Feldmann ihn ansprach, mit einer anzüglichen Bemerkung antwortete.

›Das kommt mir bekannt vor. So etwas habe ich vor kurzem erst verabschiedet‹, dachte Feldmann, konnte aber den Blick von dem anderen nicht lassen.

Er sah die affektierten Bewegungen der Hände und dass er wie ein Tänzer wirkte. Wieder sprach er ihn an, und wieder bekam er die passende Antwort.

›Es ist immer dasselbe‹, dachte Feldmann und hatte den Wunsch, alles, was ihn zu diesen flüchtigen, unüberlegten Bekanntschaften trieb, einmal ganz und gar hinter sich zu lassen.

Als er in die Wohnung zurückkehrte, klingelte das Telefon. Er nahm den Hörer nicht ab. Er wusste, wer da versuchte, ihn anzurufen, und dass jener, den er, vielleicht weil er um einiges jünger war, herablassend behandelte, dass jener, den er eigentlich schon verabschiedet hatte, immer wieder versuchte, bei ihm zu übernachten, dies fand er degoutant. Andererseits:

›Es gab Zeiten, da hätte ich ohne ihn nicht leben können‹, dachte Feldmann und begann mit hastigen Bewegungen das Kissen, das Plumeau, den Schlafanzug seines Freundes wegzuräumen. Er öffnete das Fenster, als wäre es nötig, frische Luft hereinzulassen, dann ging er ins Bad und warf alles, was ihm nicht gehörte, die zweite Zahnbürste, den Rasierapparat, die Hautcreme, in einen Wäschekorb, der hinter der Badewanne stand, und in der Küche, nachdem er die beiden Gedecke ineinandergeschoben und ins Spülbecken gestellt hatte, ja jetzt erst bemerkte Feldmann, wie albern er sich benahm.

Er hörte Schritte im Treppenhaus, und ihm fiel ein, dass der andere, dessen Hartnäckigkeit erstaunlich war, den Hausschlüssel besaß, so dass es für ihn ein Leichtes gewesen war, bis hierher, ›jetzt ist er in der zweiten Etage‹, dachte Feldmann, vorzudringen. Aber er hatte den Schlüssel zur Wohnung nicht, und nun wartete Feldmann auf den Augenblick, wo jemand versuchen würde, sich an der Tür bemerkbar zu machen. Er fand noch Zeit, die Sicherung der elektrischen Klingelanlage auszuschalten, hörte den Freund, der die fünf Treppen rasch hinter sich gebracht hatte, schwer atmen, und irgendwann, ›gleich klopft er gegen die Tür‹, dachte Feldmann, wurde es vollkommen still.

Dies dauerte zwei, drei Minuten, so dass Feldmann unsicher wurde, ob da überhaupt jemand war oder ob er sich geirrt hatte, dann aber, es geschah langsam und überaus vorsichtig, dann öffnete sich die Klappe am Briefschlitz. Man sah ein Lederetui, hörte, wie ein Schlüsselbund auf den Parkettboden fiel.

›Nun ist auch das vorbei‹, dachte Feldmann und wartete darauf, dass jener, den zu empfangen er sich weigerte, so rasch, wie er gekommen war, im Treppenhaus wieder verschwand.

3

Mitte Oktober regnete es ununterbrochen, und der heftige Wind trieb die Nässe bis in die äußersten Winkel der Straßen, und vom Dach der Autowerkstatt lief es in Strömen über den alten, rissigen Belag in die Regenrinne. Auf dem Hof ließ sich niemand blicken, und der Frauenkopf unter dem Giebel war gänzlich ungeschützt, so dass der Regen über das Gesicht, die Haare, den Hals hinweg in einen offenen Spalt des Sockels eindrang, und von hier aus hätte man beobachten können, wohin sich die Nässe nach unten hin ausbreitete. Da war eine mit morschem Holz zugenagelte Tür, darunter eine Treppe, die zur Hälfte abgetragen worden war, und hierhinein tropfte es unaufhörlich, und das Rinnsal, das sich gebildet hatte, versickerte irgendwo ins Innere der Werkstatt, vielleicht dorthin, wo man alte ausrangierte Autoreifen gelagert hatte. Die Wand dahinter zeigte schmutzige Flecken, der Putz bröckelte ab, alles war versperrt, aber immerhin: Der Weg, den die Nässe nahm, wurde sichtbar.

Das böige Wetter machte unruhig und nervös, so dass Johannes Feldmann Mühe hatte durchzuschlafen. Gegen Morgen stand er benommen vor dem Spiegel im Bad, um sich zu rasieren. Man hörte den Wasserkessel pfeifen, aber er nahm sich kaum Zeit zu frühstücken, denn keine zehn Minuten später trat er, eine große, abgenutzte Aktentasche in der Hand, aus dem Treppenhaus und ging die Uhlandstraße entlang in Richtung Gymnasium. Er trug keinen Schirm bei sich, so dass er, da es immer noch regnete, gezwungen war, an den Häuserwänden entlang schneller zu gehen, und über die Pfützen auf dem Schulhof trat er mit ausladenden Schritten hinweg, bis er das enge Portal erreicht hatte.

Für gute vierzig Minuten lag das Schulgebäude in trügerischer Ruhe da, die Fenster waren geschlossen, und man wusste natürlich, dass sich dies, sowie die Pausenklingel zu hören war, schlagartig ändern würde. Dann wurden die Türen und Fenster aufgerissen, auf den Treppen gab es das übliche Stimmengewirr, und das enge Portal konnte keinen der Schüler daran hindern, so schnell wie möglich ins Freie hinauszudrängen. Aber noch war, wie gesagt, alles still, und irgendwann sah man, es war vor der Mittagspause, wie Johannes Feldmann durch einen Seiteneingang das Schulgebäude verließ, wie er die

Uhlandstraße überquerte und wie er, es hatte aufgehört zu regnen, den mit Autos vollgestellten Hof in der Gasteiner Straße betrat. Er winkte einen der Monteure herbei, war in Verlegenheit, denn schließlich: Er war weder mit einem Auto vorgefahren, noch konnte er irgendwelche Schlüssel oder Papiere zurückfordern, es war auch keine Rechnung zu bezahlen, nein, Johannes Feldmann versuchte lediglich herauszufinden, ob da über die aufgestellten Wände hinweg oder vielleicht sogar aus den Innenräumen heraus ein Zugang zu dem Dach zu erkennen war.

»Gehört dies zu Ihrer Werkstatt?«, fragte er und zeigte in Richtung Giebel.

Der Monteur drehte sich um, sah dorthin, wohin Feldmann mit dem Finger wies.

Ja, das sei übriggeblieben, und man hätte sich nicht die Mühe gemacht, es abzureißen.

»Und der Frauenkopf?«

»Was für ein Frauenkopf?«, fragte der Monteur. »Ach so«, fügte er hinzu. »Sie meinen Mathilde. Die stört doch niemanden.«

Damit schien die Sache erledigt. Feldmann erfuhr noch, dass man das Gelände der Autowerkstatt gemietet hatte und dass der Eigentümer irgendwo in Lichterfelde zu erreichen sei. Er bedankte sich, verließ den Hof, und in seine Wohnung zurückgekehrt versuchte er im Internet etwas über Altberliner Remisen und Kutscherwohnungen zu erfahren. Aber da waren nur vage Hinweise, nirgends wurde erwähnt, was er suchte, nämlich: Ob es üblich war, solche Gebäude mit Skulpturen zu schmücken, und irgendwann entschied er sich, ebendies, was er nicht herausfinden konnte, seinen Schülern als Aufgabe zu übertragen. Sie sollten sich, und vor allem in den Außenbezirken der Stadt bis nach Teltow oder Potsdam, darüber informieren, ob sonst noch Figuren, ähnlich jener, die er in der Gasteiner Straße entdeckt hatte, zu finden wären.

Man fand einiges. Ein paar Schüler hatten Skizzen gemacht, die beweisen sollten, dass hier und dort auf Hinterhöfen etwas aus der Zeit der Jahrhundertwende zu sehen war. Das meiste hatte man restauriert, und vor allem: Nirgends gab es etwas, das man, wie in der Gasteiner Straße, mit Hartfaser- und Aluminiumwänden umstellt hatte.

»Dagegen sollten wir etwas unternehmen. Wir sollten«, sagte Feldmann, »am Zaun, besser noch«, fügte er hinzu, »in diesem von Autos vollgestellten Hof auftauchen«, und er setzte den Termin fest, an dem dies geschehen sollte.

Es war ein Donnerstag. Die Sonne schien, konnte aber die Häuserschlucht, in der man sich befand, nicht überwinden, so dass der Zaun, der vollgestellte Hof, der Flachbau mit den geöffneten Türen im Schatten lagen, und auch einige Meter höher, dort, wohin Feldmann, der mit den Schülern das zubetonierte Viereck betreten hatte, mit ausgestrecktem Arm zeigte, war alles grau. Und nun, anstatt sich bei dem Besitzer der Werkstatt, der aus dem Flachbau getreten war, dafür zu entschuldigen, dass er sich die Freiheit genommen hätte, mit seinen Schülern, und völlig unangemeldet, hier zu erscheinen, ja ohne diesen überhaupt zu grüßen, zog Feldmann einen Zettel hervor, auf dem er sich Notizen gemacht hatte, und hielt einen kleinen Vortrag.

Sicher, das Ganze war dürftig, aber Feldmann gelang es, die Figur unter dem Giebel, da er so wenig Gesichertes über sie wusste, durch Vermutungen und Ausschmückungen persönlicher Art lebendig zu machen. Alle, sogar der Werkstattbesitzer, rückten irgendwie zusammen. Es herrschte eine konzentrierte Stille, und nun geschah etwas Unerwartetes.

Man hörte ein heiseres Krächzen, das näher kam, noch näher. Eine Krähe flog im Halbkreis über den Hof und setzte sich, wobei sie mit den Flügeln ruderte, direkt auf den Scheitel der Frauenfigur, beugte sich nach vorn, spreizte die Schwanzfedern, als hätte sie vor, ihren Kot fallen zu lassen, und sofort brach ein Gelächter aus, das andauerte, und es war klar, dass Feldmanns Vortrag damit beendet war. Für Augenblicke noch versuchte er zu reden, stand bewegungslos da, bis die Schüler sich abgewandt hatten. Langsam gingen sie zwischen den Autos hindurch zum Ausgang, und jetzt erst bückte sich Feldmann nach dem Zettel, der ihm vor die Füße gefallen war. Er steckte ihn in die Tasche zurück, und zuletzt, es war durchaus nicht unfreundlich gemeint, zuletzt, die Krähe war immer noch auf dem Dach, trat der Werkstattbesitzer auf ihn zu und sagte:

»Erstaunlich, was Sie da erzählen. Aber meinen Sie wirklich, dass das jemanden interessiert?«

4

Nach diesem Vorfall hätte Feldmann den Zettel mit den Notizen in den Papierkorb werfen können. Er hatte andere Sorgen. Die Aufgaben, die er im Gymnasium zu bewältigen hatte, wurden immer umfangreicher, so dass er oft bis in die Nacht hinein genötigt war, in Büchern, die er sich in der Bibliothek besorgt hatte, zu blättern. Er verzichtete auf die mittäglichen Spaziergänge, und wenn er doch einmal den Schulhof verließ, geschah dies mit einem schlechten Gewissen. Dann scheute er sich, die kleine Bäckerei zu betreten, wenn er auf der Höhe der Autowerkstatt war, wechselte er die Straßenseite. Dabei hielt er den Blick gesenkt, bis er die Uhlandstraße erreicht hatte, und wenn er den Hof im Gymnasium wieder betrat, atmete er erleichtert auf.

»Ein interessantes Objekt, das Sie da in Augenschein genommen haben«, sagte Dr. Freininger, ein Kollege, der Deutsch und Geschichte unterrichtete und der, immer wenn man an ihm vorbeiging, lächelte, als wisse er, obwohl man ihn nicht ins Vertrauen gezogen hatte, irgendwie Bescheid. »Ein interessantes Objekt«, wiederholte er. »Und es gab, wie ich höre, keine Möglichkeit, an den Frauenkopf näher heranzukommen?«

Feldmann zögerte, wusste nicht, ob er, und in ernsthafter Weise, darauf eingehen sollte. Die beiden gingen einige Schritte nebeneinander her.

»Ja, diese merkwürdige Figur«, sagte Feldmann schließlich. »Im Grunde eine Lappalie. Aber Sie werden nicht glauben, wie mich das beschäftigt hat.«

»Kann ich verstehen«, sagte Dr. Freininger. »Aber wie gut, dass Sie da nicht lockerlassen. Ja, das ist es schließlich, worauf es ankommt: Dass man Dinge, die einem begegnen, nicht immer nur zur Seite schiebt. Man erfährt doch einiges dabei«, sagte er und erklärte, dass er Lust hätte, sich die Skulptur einmal näher anzusehen. »Wer weiß, vielleicht fange auch ich Feuer. Dann hätten Sie Grund zur Eifersucht.«

Am selben Tag noch fand Feldmann ein paar handgeschriebene Zeilen vor. Dr. Freininger entschuldigte sich, dass es ihm nicht möglich sei, das Gespräch, das sie miteinander hatten, fortzusetzen, er müsse im Auftrag der Schule für ein paar Tage verreisen, wolle aber doch sagen, dass ihm der Frauenkopf außerordentlich gefallen habe. »So etwas sieht man selten«, schrieb er. »Und trotz aller Vernachlässigung immer noch gut erhalten. Ich schätze, um 1890, der Giebel ist älter. Die Garagen allerdings sind furchtbar. Kein Wunder, dass Sie das Gefühl haben, die Ärmste möchte dort weg.«

Feldmann faltete das Papier sorgfältig zusammen, schob es in die Jackentasche und beschloss, wie Freininger es ihm geraten hatte, an der Sache, die er entdeckt hatte, festzuhalten. Zunächst wollte er mit dem Besitzer des Grundstücks reden. Also fuhr er, sowie sich eine Gelegenheit bot, mit seinem Auto nach Lichterfelde, und nachdem er den Mackenrothweg erreicht hatte, klingelte er an einem schmiedeeisernen Tor, an dem man eine Sichtblende angebracht hatte, und Minuten später stand er in einem Büro und versuchte sich einem Mittvierziger, der sich hinter dem Schreibtisch erhoben hatte, verständlich zu machen.

Er müsse sich entschuldigen, sagte Feldmann. Eigentlich hätte er keine Gründe, hierherzukommen. Trotzdem, fügte er hinzu, er sei froh, dass man ihm diese Adresse überlassen habe, und nun sprach er darüber, ob es möglich sei, der Figur auf dem Dach der Autowerkstatt in der Gasteiner Straße, schon um sie vor dem Verfall zu bewahren, einen Zugang zu verschaffen.

»Ich weiß nicht, wovon Sie reden«, sagte der andere, dem man Feldmann, und ohne ein Wort der Erklärung, ins Zimmer geschickt hatte. »Ich weiß nicht, wovon Sie reden«, sagte er, und Feldmann war außerstande, sein Anliegen nochmals zu wiederholen.

Wie sollte es auch möglich sein, mit einem Hausverwalter, oder war es der Besitzer, über die Besonderheiten einer Immobilie zu reden, die diesem offenbar nicht geläufig waren.

›Sie wissen nicht, was sie da besitzen‹, dachte Feldmann, als er wieder im Auto saß.

Und nun überkam ihn ein Gefühl von Trotz. Genauer: Am nächsten Tag bestand er darauf, dass die Schüler, die er unterrichtete, ein zweites Mal den Hof der Autowerkstatt in der Gasteiner Straße aufsuchten. Er wollte auch das Gelächter, das ihn beim ersten Besuch gekränkt hatte, vergessen machen, und so sah man, wie die Halbwüchsigen bemüht waren, die Frauenfigur unter dem Giebel auf Zeichenpapier festzuhalten, während Feldmann ihnen erklärte, wie wichtig, nein lebensnotwendig es sei, nicht immer nur am Gegenwärtigen, am flüchtigen Augenblick festzuhalten.

»Wir dürfen das, was vergangen ist, nicht geringschätzen«, sagte er, obwohl er wusste, dass er selbst unfähig war, die Ratschläge, die er den Schülern gab, zu befolgen.

Aber vielleicht war er deswegen so bemüht, die Frauenfigur, die nun in zahlreichen Abbildungen vorlag, nochmals ausdrücklich zu verteidigen.

»Es ist nicht zu verstehen«, erklärte er dem Werkstattbesitzer, der wieder aus dem Flachbau getreten war, »es ist nicht zu verstehen«, sagte er, »dass man ein Kunstwerk aus der Fontanezeit dermaßen achtlos behandelt. Ist das überhaupt erlaubt? Und hat man wirklich alle Zugänge dorthin vermauert?«, wollte er wissen und in einem Ton, der es dem anderen unmöglich machte, freundlich darauf zu antworten.

»Hören Sie«, sagte der Werkstattbesitzer und krempelte die Hemdsärmel hoch. »Was dort oben zu sehen ist oder nicht, geht mich nichts an. Ich habe hier vier leere Hallen gemietet, um Autos zu reparieren. Autos, Sie verstehen«, sagte er und zeigte in die Runde. »Und nun muss ich Sie bitten, Platz zu machen. Sie sehen ja selbst, wie gefährlich es ist, wenn ein Kunde in den Hof einbiegt.«

Feldmann folgte der Aufforderung. Alle sahen, nachdem sie auf den Bürgersteig zurückgetreten waren, wie sich das eiserne Tor, das elektrisch betrieben wurde, langsam schloss. Man packte die Zeichenblöcke ein, schlenderte über die Uhlandstraße ins Gymnasium zurück, und Stunden später sah man, wie Feldmann am Zaun stand und damit beschäftigt war, den Frauenkopf zu fotografieren. Er hatte beschlossen, da es ihm aussichtslos erschien, nochmals nach Lichterfelde zu fahren, die Sache einer Aufsichtsbehörde zu übergeben.

Das Zusammentreffen mit der Behörde, Feldmann hatte angekündigt, in Begleitung seiner Schüler zu erscheinen, schon um dem Anliegen, das er vorbringen wollte, den Ernst des Pädagogischen zu geben, das Zusammentreffen mit der Behörde begann damit, dass man ihn warten ließ. Wie lange sie auf den Bänken in der zugigen Halle sitzen mussten, wusste Feldmann nicht zu sagen, aber er war gereizt, als man ihn bat, das Zimmer 35 zu betreten, und kaum hatte Feldmann die Tür, auf der die Nummer zu lesen war, geöffnet, kaum hatte er das Drängeln der Schüler hinter sich abgewehrt, da kam ein Beamter auf ihn zu, gab ihm die Hand und erklärte, dass es leider nicht möglich sei, alle, die dies offenbar wollten, in den Raum zu bitten. Er blieb an der Tür stehen, wehrte Feldmanns Hinweis, dass er angemeldet sei, mit der Aufforderung ab, ihm die Fotos zu zeigen, und ob er, während Feldmann versuchte einiges zu erläutern, zuhörte, war zweifelhaft, denn er sagte:

»Was wollen Sie. Die Fotos sind unscharf. Und was, meinen Sie, sollte hier unter Denkmalschutz gestellt werden?«

Für Augenblicke herrschte Schweigen. Auch die Schüler, die Feldmann im Rücken hatte, rührten sich nicht. Der Beamte sah Feldmann ins Gesicht, und war es nun, dass Feldmann jene, die auf den Fotos zu sehen war, verteidigen wollte, oder er wollte die kalte Unverbindlichkeit des Beamten mit einer vertraulichen Äußerung brechen, plötzlich sagte er und in einem Ton, der verriet, wie ernst es ihm war: »Wir reden über Mathilde. Und dass die Bilder unscharf sind, hat seinen Grund. Warum sollte sie sich, da man sie weggeschlossen hat, deutlicher zeigen?«

Dann teilte er mit, dass ihm alle Dokumentationen, auch jene, die das Bezirksamt Charlottenburg-Wilmersdorf ins Internet gesetzt hätte, dass ihm alle einschlägigen und erreichbaren Nachschlagewerke, Altberliner Remisen betreffend, vertraut seien. »Aber in keinem Einzigen«, versicherte Feldmann und sah in die Runde der Schüler hinter sich, »in keinem Einzigen«, sagte er, »wird das, was Sie da in den Händen halten, auch nur mit einer Zeile erwähnt.«

»Und völlig zu Recht«, sagte der Beamte. »Was ich hier sehe und was Sie so zutreffend, wie war doch der Name, Mathilde nennen, ist, soweit ich es beurteilen kann, völlig wertlos.«

5

Dies geschah an einem Nachmittag. Am Abend darauf hörte Feldmann Puccinis Oper *La Bohème,* und wieder vergaß er, die Stereoanlage auf Zimmerlautstärke zu stellen. Aber wieso konnte ihm das von Wichtigkeit sein? Wenn Musetta die Tür zum Mansardenzimmer aufreißt und Rodolfo der Todkranken entgegenstürzt, um ihr mit Marcellos Hilfe auf das kleine, armselige Bett zu helfen, wenn sie, die sich nur noch mit Mühe aufrecht halten kann, ihr verzweifeltes »Rodolfo« flüstert, wenn man der Fröstelnden den wärmenden Muff zwischen die Hände drückt und Mimi, der die Stimme versagt, die Augen schließt und Colline, da ihm nichts weiter übrigbleibt, seinen alten Mantel anzubeten beginnt, dann, ja dann wartete Feldmann nur noch auf das Verlöschen der Musik. Er saß in seinem Sessel, hatte die Beine weit von sich gestreckt, ließ die linke Hand, die er in die Luft gehalten hatte, sinken, wollte für Augenblicke so verweilen. Aber es gelang ihm nicht, und die Stille nach dem Schluss, nachdem sich die Stereoanlage mit einem Klickton abgeschaltet hatte, wirkte diesmal anders als sonst.

Es begann damit, dass Feldmann zur Wohnungstür sah, um zu überprüfen, ob sie wieder sperrangelweit offen stand. Vielleicht hatte er, nachdem er im Parterre gewesen war, um die Tüte mit dem Müll loszuwerden, vergessen, sie zu schließen, und er glaubte zu spüren, dass da und ohne dass er einen Schalter berührt hätte, so etwas wie ein Lichtwechsel entstanden war. Die Stehlampe neben dem Sessel hatte an Helligkeit verloren. Und stand da nicht, es war wie ein Schatten, jemand in der Tür? Augenblicklich fiel ihm der Freund, den er verabschiedet hatte, ein, dann seine geschiedene Frau, und zuletzt dachte er daran, wie unangenehm ihm die Krähe auf dem Kopf der Figur gewesen war.

›Es wird mir alles zu viel, ich muss auf meine Nerven achten‹, murmelte Feldmann, erhob sich, streckte den Arm aus und bemerkte, dass die Wohnungstür, ›völlig korrekt‹, dachte er, abgeschlossen war.

Er ging in die Küche, zog unter leeren Schachteln und Plastikverpackungen eine angebrochene Flasche Rotwein hervor, und da es ihm nicht der Mühe wert schien, nun noch eines der Gläser, die im Spülbecken standen, abzuwaschen, setzte er die

Flasche an den Mund und trank sie in wenigen Zügen leer.

In der Woche darauf, die Herbstferien hatten begonnen, war Feldmann wieder in Karlsruhe, und er war froh, dass der Vater, als sie im Schlossgarten spazieren gingen, nicht wieder anfing, über seine geschiedene Frau zu reden, auch die Mutter erwähnte die Sache mit keinem Wort, und Feldmann erzählte, womit er die letzten Wochen über beschäftigt gewesen war. Er beschwerte sich darüber, dass die Arbeit am Gymnasium immer mehr Zeit in Anspruch nehmen würde, erwähnte, dass er mit seinen Schülern auf dem Hof einer Autowerkstatt gewesen sei und dass er versucht habe, eine Gipsfigur, »sie ist über hundert Jahre alt«, sagte Feldmann, die dort unter einem Giebel allmählich verrottete, zu retten. Er zeigte der Mutter die Fotos, aber so, dass es ihr kaum möglich war, sie näher zu betrachten.

»Damit habe ich meine Zeit verplempert«, sagte er, schob die Fotos in die Gesäßtasche, und am letzten Ferientag, nachdem er sich von den Eltern verabschiedet hatte und wieder in seinem Auto unterwegs war, bemerkte Feldmann, dass er darauf saß.

Dies war ihm unangenehm, so dass er versuchte, mit der linken Hand, indem er auf dem Sitz nach vorn rutschte, danach zu fassen. Immer wieder streckte er die Finger aus, bis er die Bilder endlich hervorzog, und nun prüfte er, als gäbe es sonst keine Gelegenheit, ob sie wirklich misslungen waren. Sie waren unterbelichtet, aber man konnte alles deutlich erkennen, und vor allem: Offenbar hatte die Krähe, das sah Feldmann jetzt, indem er die Fotos gegen die Frontscheibe lehnte, offenbar hatte die Krähe, über die die Schüler gelacht hatten, eine schmutziggrüngelbe Spur hinterlassen, die der Figur vom Scheitel aus übers Gesicht lief.

›Weg damit‹, dachte Feldmann, zerriss die Fotos, indem er das Lenkrad losließ, in zwei Hälften, und da ihm dies offenbar nicht genügte, riss er auch die Hälften immer wieder durch, öffnete das Fenster und warf, was er zuletzt in der Faust hielt, ins Freie hinaus.

Im Rückspiegel sah er, wie die Papierfetzen hoch aufwirbelten. Aber sie entfernten sich kaum, ja es war, als würden sie durch den Sog, den das Auto erzeugte, immer wieder mitgerissen, um erneut aufzuwirbeln.

›Wie ist das möglich‹, dachte Feldmann, aber dann, endlich, waren sie verschwunden.

Eine Weile grübelte er darüber nach, ob das, was er eben getan hatte, richtig war. Genauer: Er hatte ein schlechtes Gewissen. Hatte er sich deswegen, und über Wochen hinweg und gegen den Widerstand der anderen, um diese Skulptur gekümmert, hatte er deswegen seinen alten Fotoapparat wieder hervorgekramt, um zuletzt alles, was er aufgenommen hatte, in den Straßengraben zu werfen?

Als er Berlin erreicht hatte, als er die Autobahn verließ und sich der Straße, in der er wohnte, näherte, war er erleichtert. Denn dies, dazu war er entschlossen, sollte ihm nicht noch einmal passieren: Dass er einer Sache wegen, die sich nicht ändern ließ, seine Nerven strapazierte. Er ging die fünf Treppen in die oberste Etage hinauf, klapperte mit den Absätzen seiner Schuhe, räusperte sich mehrmals, pfiff vor sich hin, als er die Wohnungstür öffnete. Im Wohnzimmer schaltete er, kaum dass er Mantel und Tasche abgelegt hatte, die Stereoanlage ein, wechselte aber die CD, das heißt: Er achtete darauf, dass er nicht, wie vor kurzem erst, Puccinis Oper *La Bohème* zu hören bekam. Stattdessen spielte er etwas Belangloses, etwas, das wie Unterhaltungsmusik klang. War es Gershwin oder Glen Miller? Jedenfalls lehnte er sich in dem Sessel zurück, schloss die Augen, spürte, wie ihm dies nach der langen Reise, die Beine waren ihm schwer geworden, wohltat, aber als sich die Stereoanlage wieder abschaltete, wirkte die Stille, wie das letzte Mal schon, anders als sonst. Und wieder sah Feldmann zur Wohnungstür, und wieder hatte er den Eindruck, dass da und ohne dass er einen Schalter berührt hätte, so etwas wie ein Lichtwechsel entstanden war. Die Stehlampe neben dem Sessel hatte an Helligkeit verloren, und der Türrahmen im Korridor wirkte, ›vielleicht ist eine Glühbirne durchgebrannt‹, dachte Feldmann, vollkommen schwarz.

6

Tage später war Feldmann damit beschäftigt, die Lichtanlage zu überprüfen. Das heißt, er schleppte eine Leiter herbei, sah nach, ob die Glühbirnen in den Lampen festgeschraubt waren, dann, nachdem er sich davon überzeugt hatte, dass auch im Korridor der Lichtschalter einwandfrei funktionierte, wechselte er, um ganz sicher zu sein, die Sicherungen, die in einem Kasten neben dem Kleiderschrank angebracht waren, aus, und nun, nachdem er dies alles erledigt hatte, ließ er, wie er es gewohnt war, nur die Stehlampe neben dem Sessel und die Lampe in der Küche brennen, und er achtete darauf, indem er auf die Tür im Korridor sah, ob sich da wieder etwas veränderte.

›Was mache ich hier eigentlich‹, dachte Feldmann, sah auf die Uhr und musste sich eingestehen, dass er nun schon eine Dreiviertelstunde mit dieser Sache beschäftigt war. ›Ich kann nicht ewig in dem Sessel sitzen‹, dachte er und: ›Auch die Wohnung müsste einmal aufgeräumt werden.‹

Aber statt nach Besen und Müllschippe zu greifen, um wenigstens die Taschentücher, die herumlagen, wegzufegen, ging er in die Garderobe, zog seinen Mantel an, und wenig später sah man ihn in der nahegelegenen Bar sitzen, und es war der Barkeeper, dem er, sowie sein Glas gefüllt war, zuprostete, und dass der andere, der wie ein Tänzer wirkte, jedes Mal mit einer anzüglichen Bemerkung antwortete, dies schien Feldmann zu gefallen.

Als die Bar geschlossen und das Neonlicht über dem Eingang erloschen war, sah man, wie Feldmann auf dem Bürgersteig auf und ab ging. Irgendwann trat der Barkeeper auf ihn zu, und es war unverkennbar, wie vertraut die beiden miteinander waren. Nach einer kurzen Umarmung zog der Barkeeper Feldmann, indem er ihn am Ellbogen fasste, in Richtung Straßenkreuzung. Die beiden durchquerten, nachdem sie die Ampel passiert hatten, einen kleinen Park, und hier, am Ende des Parks, verschwanden sie in einem Gebäude, das wie ein Pavillon wirkte.

Der Straßenverkehr hatte nachgelassen, hin und wieder leuchteten Scheinwerfer auf, und falls man neugierig war, falls man einige Schritte durch den Park auf den Pavillon zutrat, hörte man etwas, das einen veranlasste, auf diskrete Weise weiterzugehen. Da war ein Stöhnen und Flüstern, dann ein dumpfer Schlag. Die Tür wurde aufgerissen, der Barkeeper, er war dabei, seine Kleider zu ordnen, stürzte ins Freie hinaus. Er fasste, da es ihm nicht gelang, in die Ärmel zu kommen, immer wieder nach seiner Jacke, dann war er hinter den Bäumen verschwunden. Nochmals öffnete sich die Tür des Pavillons, und nun sah man Johannes Feldmann. Er war verletzt, wischte sich mit einem Taschentuch das Blut von den Lippen. Auch er war genötigt, seine Kleider zu ordnen, und anstatt, was selbstverständlich gewesen wäre, in seine Wohnung zurückzukehren, überquerte er die Kreuzung, bog, wobei er sich immer wieder umsah, in eine Nebenstraße ein, und keine Viertelstunde später klingelte Feldmann am Eingang einer kleinen Pension.

7

Am nächsten Morgen, er hatte sich, so wie er war, nur den Mantel hatte er ausgezogen, aufs Bett gelegt, am nächsten Morgen sah Feldmann, wie elend das Zimmer war, in dem er übernachtet hatte.

›Bloß weg hier‹, dachte er, und es war auch kein Problem, die Pension wieder zu verlassen.

Er musste, wenn er die Nebenstraße hinter sich hatte, nur noch die Kreuzung mit der Ampel überqueren, dann wäre er in seiner Wohnung gewesen. Er griff zum Mantel, bat an der Rezeption darum, dass man die Rechnung fertig machen solle. Aber nicht jetzt. Er würde im Laufe des Vormittags zurückkommen, und als er auf die Straße hinaustrat, war es immer noch dunkel.

›Die Tage werden eben kürzer‹, dachte Feldmann und bemerkte sehr wohl, dass er an der nahegelegenen Bar vorbeikam. Er wechselte die Straßenseite, sah, dass man hinter dem Filzvorhang, der das Fenster zur Hälfte abdeckte, beschäftigt war.

›Vielleicht ist es der Barkeeper, der die Gläser und Flaschen hinter dem Tresen ordnet‹, dachte er und spürte, wie unangenehm ihm diese Vermutung war.

Er überlegte, ob er jenen, der ihn gedemütigt hatte, zur Rede stellen sollte, wusste aber, wie aussichtslos es war, sich in einem Milieu, das ihm fremd war und das er verachtete, dem er sich aber ausgeliefert hatte, Genugtuung zu verschaffen. Also ging er weiter, und nachdem er das Mietshaus erreicht hatte, fuhr er mit dem Fahrstuhl in die fünfte Etage hinauf, blieb, nachdem er den Fahrstuhl wieder verlassen hatte, stehen, weil er sah, dass seine Wohnungstür einen Spaltbreit geöffnet war. Er erschrak. Aber dann hörte er schon, dass jemand mit einem Staubsauger hantierte, und ihm fiel ein, dass er eine Putzfrau bestellt hatte.

›Es war höchste Zeit‹, dachte Feldmann, unterließ es, die Tür aufzustoßen und über die Schwelle zu treten, um sich bei der Frau, die die Müllsäcke weggeräumt hatte und jetzt den Staub unter den Stühlen und dem Sofa wegsaugte, zu bedanken.

Er ging zum Fahrstuhl zurück, beschloss, da der Kühlschrank in der Küche leer war, erst einmal in den Supermarkt zu gehen. Dort stopfte er, nachdem alles bezahlt war, die Tüte mit der Milch, das Brot, die Butter in die Manteltaschen, schlenderte in Richtung Straßenkreuzung, blieb aber, obwohl die Ampel auf Grün geschaltet war, stehen, überquerte weder die Kreuzung, um zu seiner Wohnung zu gelangen, noch ging er, es war Zeit, er hätte sich beeilen müssen, ins Gymnasium. Stattdessen bog er in die Nassauische Straße ein, und Minuten später war er wieder, was er längere Zeit unterlassen hatte, auf der Höhe der Autowerkstatt in der Gasteiner Straße. Er spürte, wie die Milchtüte in der Manteltasche immer schwerer wurde, widerstand aber der Versuchung, wenigstens einen Teil der Sachen, die er eingekauft hatte, auf der Mauer mit dem Zaun abzustellen. Er betrat nicht den Hof, ging lediglich bis zur Ecke der Mauer, von wo aus er, wenn er den Kopf hob, freie Sicht auf die Frauenfigur unter dem Giebel hatte. Und nun sah er sie wieder. Sie lag im Schatten, ihre Augen waren über die Autowerkstatt hinweg auf die andere Straßenseite gerichtet, dorthin, wo man, um eine Lücke, die durch Bomben im Zweiten Weltkrieg entstanden war, auszufüllen, einen Neubau errichtet hatte, und die schmutzige Spur auf ihrem Gesicht, ›wenigstens das‹, dachte Feldmann, hatte der Regen abgewaschen.

8

Ende November waren auch die Bäume im Karlsruher Schlosspark ohne Blätter, aber es schien die Sonne, und es war warm, so dass Johannes Feldmann genötigt war, seinen Mantel auszuziehen. Er legte ihn über die rechte Schulter, bemerkte nicht, dass sich der Gürtel gelöst hatte und, nur noch von einer Schlaufe gehalten, auf dem Kiesweg hinter ihm herschleifte, und auch der Vater sagte, obwohl er es sah, kein Wort. Weder er noch die Mutter hatten erwartet, dass der Sohn nach vierzehn Tagen, und dies, obwohl man für die Weihnachtsferien verabredet war, wieder im Elternhaus auftauchen würde. Der Mutter gegenüber blieb Feldmann wortkarg, hatte aber darauf gedrängt, mit dem Vater ein Gespräch zu führen.

Er sei in letzter Zeit nervös, gestand Feldmann. Ob ihm dies auch schon passiert sei, wollte er von dem Vater wissen, dass sich die Dinge, die man tagtäglich und seit Jahren vor Augen hätte, plötzlich und auf bedrohliche Weise veränderten.

»Nein«, sagte der Vater, »dieses Gefühl habe ich nie gehabt.«

Feldmann verschwieg, dass er seit Tagen seine Wohnung nicht mehr betreten hatte. Er hätte auch keine Gründe dafür nennen können, warum da, wenn er abends im Sessel saß, neuerdings ein Lichtwechsel zu beobachten war, und er musste damit rechnen, dass der Vater, der ebenso nüchtern veranlagt war wie er selbst, sich weigern würde, auf derlei Dinge überhaupt einzugehen. Also bedankte er sich für die CD, die der Vater ihm geschenkt hatte, es war eine Aufnahme des Cellokonzerts Op. 85 von Edgar Elgar, meinte aber, dass es ihm nicht möglich sein würde, die Musik, so wie er es gewohnt war, mit einem Glas Wein in der Hand, zu hören. Dabei berührte er mit dem Zeigefinger der linken Hand immer wieder seine geschwollene Lippe, und als der Vater fragte, ob er sich verletzt habe, antwortete Feldmann:

»Es ist nicht der Rede wert. Allerdings«, fügte er hinzu, »eine Frau hätte mich nie geschlagen«, und er spürte, dass er diese Bemerkung hätte erklären müssen.

Aber wie sollte er dem Vater verständlich machen, dass er von jemandem, mit dem er sich eingelassen hatte, blutig geschlagen worden sei und dass er in seiner Wut und Verwirrtheit nicht mehr in der Lage gewesen sei, die eigene Haustür wiederzufinden. Also erwähnte er lediglich und in einem Ton, als wäre es die selbstverständlichste Sache der Welt, dass er gezwungen gewesen sei, in eine Pension umzuziehen.

»In eine Pension!«

Feldmann bückte sich nach dem Gürtel seines Mantels und schob das Ende, das sich gelöst hatte, in die Schlaufe zurück. Er versuchte zu lächeln, aber der Vater hatte sich abgewandt. Schweigend gingen die beiden weiter, verzichteten darauf, die Verstimmung, die zwischen ihnen aufgekommen war, zu überwinden, und nach diesem Spaziergang, so viel konnte Feldmann beobachten, schien sich der Vater mit der Mutter zu beraten. Dies dauerte bis zum späten Nachmittag. Am Abend verzichteten alle darauf, so, wie sie es gewohnt waren, beieinanderzusitzen. Die Mutter verschwand in ihrem Zimmer, der Vater kramte umständlich in den Schubladen seines Schreibtischs herum, der Sohn saß allein am Tisch, las die Zeitung, und er beschloss, früher als geplant abzureisen.

Der Abschied am nächsten Morgen war kurz. Immerhin begleitete die Mutter Feldmann, als er zum Auto ging, bis zur Gartentür, und als er losfuhr, sah er im Rückspiegel, wie der Vater, der im Wohnzimmer geblieben war, neben die Mutter trat, wie er sie am Arm fasste und wegzog, als wollte er verhindern, dass sie ihrem Sohn, der schon um die Ecke gebogen war, nachsah.

Nach Berlin zurückgekehrt, ahnte Feldmann, dass er am nächsten Tag einen Brief der Mutter im Kasten vorfinden würde. Und so war es denn auch:

»Mein lieber Junge«, schrieb sie, »jetzt wird es Zeit, Dir zu sagen, dass wir uns die allergrößten Sorgen machen, und auch Du hattest ja das Bedürfnis, Dich Vater gegenüber auszusprechen. Entschuldige, dass es nicht dazu gekommen ist, aber Dein Eingeständnis, dass es Dir unmöglich sei, in der eigenen Wohnung zu bleiben, hat uns erschreckt. Was, um Gottes willen, hat Dich veranlasst, in eine Pension zu ziehen? Was ist los mit Dir! Und wie können wir Dir helfen?« Was folgte, waren Versuche, den Sohn zu überreden, doch noch einmal Kontakt zu seiner geschiedenen Frau aufzunehmen, deren neue Adresse und Telefonnummer die Mutter beigefügt hatte, und im Grunde war es immer wieder dieses verständnislose Bedauern, das Feldmann nur allzu gut kannte, dieses Bedauern darüber, dass er seinen Neigungen, die nun einmal nicht zu ändern waren, nachgegeben hatte. »Denn was Dich jetzt offenbar umtreibt oder quält«, schrieb die Mutter, »mit Kathrin wäre Dir dies nie passiert.«

9

Eine Woche verging, Feldmann übernachtete immer noch in der Pension, und nun war er gezwungen, die Putzfrau um diese und jene Gefälligkeit zu bitten, die er, bedenkt man die Umstände, auch selber hätte erledigen können. Sie brachte ihm die Hefte der Schüler, die er vergessen hatte zu korrigieren, sorgte dafür, dass er die Nachschlagewerke, die im Wohnzimmer auf dem Fensterbrett standen, zur Hand hatte, und obwohl Feldmann, so wie man es erwarten durfte und wozu er verpflichtet war, jeden Morgen ins Gymnasium ging, litt er unter seinem Zustand. Er war unkonzentriert, beendete, was noch nie vorgekommen war, den Unterricht vor dem Klingelzeichen, mehrere Male mussten die Schüler auf ihn warten, und irgendwann bat ihn der Direktor zu einem Gespräch. Feldmann betrat eine Art Vorzimmer. In der Ecke befand sich ein Garderobenständer, schräg gegenüber standen an der Wand aufgereiht vier Stühle, und wer hier Platz nahm, sah auf eine Radierung, die ein Schiffsmodell älteren Typs darstellte. Der Direktor ging auf ihn zu, gab ihm die Hand, bat ihn, sich zu setzen. Eine Viertelstunde später, nachdem Feldmann das Zimmer wieder verlassen hatte, wirkte er blass, und es war zu vermuten, dass er sich unangenehme Dinge hatte anhören müssen.

»Machen Sie sich nichts draus«, sagte Dr. Freininger, jener Kollege, der Deutsch und Geschichte unterrichtete und der, immer wenn man an ihm vorbeiging, lächelte, als wisse er, obwohl man ihn nicht ins Vertrauen gezogen hatte, irgendwie Bescheid. «Machen Sie sich nichts draus«, wiederholte er. »Auch im Kollegium wird über Sie geredet. Aber Sie wissen ja, es gibt immer Leute, die nicht verstehen, dass man hin und wieder Schwierigkeiten hat.«

Er hatte auf Feldmann gewartet. Die beiden gingen einige Schritte nebeneinanderher. Man sah, dass Feldmann etwas erwiderte, wobei er mit den Händen gestikulierte. Der andere berührte seine Schulter, und wenig später, nachdem beide die Treppe hinunter in den ersten Stock gegangen waren, standen sie in einer Fensternische, und es war nicht ausgeschlossen, dass Feldmann seinem Kollegen, auch auf die Gefahr hin, sich lächerlich zu machen, einiges anvertraute. Ob er tatsächlich so weit ging, über seine persönlichen Umstände zu reden, war unwahrscheinlich. Aber er erinnerte sich genau, dass es Dr. Freininger gewesen war, der ihm geraten hatte, Dinge, die einem begegnen, nicht immer nur zur Seite zu schieben. Und was hatte er doch gesagt? »Man erfährt einiges dabei.«

Auch diesmal schien Dr. Freininger etwas zu erklären, und wieder berührte er Feldmann, als wolle er ihn beruhigen, an der Schulter, und zuletzt, nachdem Feldmann eine gute Viertelstunde zugehört hatte, bedankte er sich und sah seinem Kollegen, nachdem sie sich wieder getrennt hatten, von der Fensternische aus nach.

›Alles wie gehabt‹, dachte Feldmann. ›Hätte Freininger mich doch nie angesprochen. Jetzt geht alles wieder von vorne los.‹

Und wenn es so war, wenn Feldmann wieder allen Grund hatte, sich über etwas, das seine Nerven strapazierte und von dem er wünschte, es hätte sich ein für alle Mal erledigt, Gedanken zu machen, dann musste er sich der Sache, ›je eher, desto besser‹, dachte er, mit allen Konsequenzen aussetzen.

Aber was sollte er tun? Sollte er das Zimmer in der Pension kündigen, seine Sachen packen, die Rechnung bezahlen und in seine Wohnung zurückkehren? Dort das Geschirr, das die Putzfrau abgewaschen hatte, in den Schrank zurückräumen, die Bücher auspacken, die ihm in die Pension gebracht worden waren? Und sollte er, nachdem er auch sonst alles, was nötig war, um die Wohnung wieder in Besitz zu nehmen, erledigt hätte, auf die beginnende Dämmerung warten? Sollte er die CD, die ihm der Vater geschenkt hatte, in die Stereoanlage schieben oder nicht doch lieber den letzten Akt der Oper *La Bohème* von Puccini hören?

Er würde, bevor er sich in den Sessel setzte, die Lampe im Korridor ausschalten, würde die Tür zum Treppenhaus, ja dies wäre das Wichtigste, sperrangelweit offen lassen. Minuten später würde er zum soundsovielten Mal hören, wie Musetta die Tür zum Mansardenzimmer aufriss und Rodolfo der Todkranken entgegenstürzte, um ihr mit Marcellos Hilfe auf das kleine, armselige Bett zu helfen, er würde hören, wie sie, die sich nur noch mit Mühe aufrecht halten konnte, ihr verzweifeltes »Rodolfo« flüsterte, wie ihr die Stimme versagte, wie man der Fröstelnden den wärmenden Muff zwischen die Hände drückte und wie Colline, da ihm nichts weiter übrigblieb, seinen alten Mantel anzubeten begann, und nachdem dies alles vorbei war, würde er sich ruckartig erheben, nach vorn beugen und auf die Stille nach dem Schluss achten.

Auf die Stille nach dem Schluss?

›Ja, warum nicht‹, dachte Feldmann. ›Hinter solch einer Stille verbirgt sich einiges.‹

Und nun sah er sich, als wäre er in seiner Wohnung, wie er in Richtung Treppenhaus lauschte. Er glaubte die zugige Luft zu spüren, die von unten her aufstieg. Er vernahm Geräusche, auf die er sonst nie geachtet hatte, die aber die Normalität eines solchen Mietshauses ausmachten. Da war ein Kinderlachen. Eine Frauenstimme. Irgendjemand, es war eine Etage tiefer, pfiff leise vor sich hin. Im ersten Stock wurden Gäste verabschiedet. Ein kurzes Hallo, ein Geklapper von Schuhen. Erneute Stille.

›Alles plausibel, völlig normal‹, dachte Feldmann. ›Aber gesetzt den Fall, es wäre da doch wieder ein Schatten im Türrahmen oder ein unerklärlicher Lichtwechsel … Ich wüsste nicht, wie ich mich verhalten sollte.‹

Bis spät in die Nacht hinein saß er auf einem unbequemen Stuhl, sah aus dem Fenster der Pension und versuchte über die Kronen einiger Bäume hinweg zu ergründen, ob er von hier aus die Fassade des Mietshauses erkennen konnte, die ihm vertraut war und hinter der er sich auf unbestimmte Zeit eingerichtet hatte. Als es zu dämmern begann, erhob er sich. Er war entschlossen, seine Sachen, die herumlagen, zusammenzupacken, bemerkte aber, dass dies mit wenigen Handgriffen und vor allem mit der schmalen Reisetasche nicht zu schaffen war, und als das Handy klingelte, als die Putzfrau ihn anrief, um ihm zu sagen, dass sie die Wäsche aus der Reinigung abgeholt habe, bat er sie, das Paket auf dem Küchentisch liegenzulassen. Er würde sich am selben Nachmittag noch darum kümmern. Aber als es so weit war, als er die Ampel überquerte und den Hauseingang erreicht hatte, ging er nur bis zu den Briefkästen. Eine Weile war er damit beschäftigt, die Kuverts zu öffnen, und er trat, nachdem er die Post durchgesehen hatte, auf die Straße zurück. Er bemerkte, dass er den Wohnungsschlüssel nicht bei sich hatte, ging, was er immer vermieden hatte, an der nahegelegenen Bar vorbei, und hier schien er zu zögern. Ein Blick auf den Filzvorhang, der, bedenkt man, was vorgefallen war, zu lange dauerte, und am Abend saß Feldmann wieder am Tresen, und wieder war es der Barkeeper, dem er, wenn er sein Glas hob, zuprostete.

In der Zeit danach wurde es oft spät, ehe er das Zimmer in der Pension betrat, ja es konnte vorkommen, dass er die Nacht über wegblieb und dass er dann, da er frühmorgens ins Gymnasium musste, keine Zeit mehr hatte zu frühstücken oder darauf zu achten, dass er ein sauberes Hemd trug. Er wirkte unrasiert, seine Bewegungen waren müde, trotzdem ging er immer noch zügig die Uhlandstraße entlang, schleppte die schwere Aktentasche, bis er den Schulhof und das enge Portal erreicht hatte.

Er hoffte, Dr. Freininger nicht zu begegnen, und solange dies so war, solange nichts Besonderes vorfiel, solange man sich auf Feldmann, was seine Pflichten betraf, verlassen konnte, solange hätte dies ohne Beanstandungen weitergehen können. Aber dann kamen die Weihnachtsfeiertage, und nun geschah etwas, das unentschuldbar war.

Gab es einen Grund, am Heiligen Abend nicht bei den Eltern in Karlsruhe zu sein? Und hätte Feldmann nicht wenigstens ein paar Worte der Entschuldigung finden müssen, um die Mutter zu beruhigen? Offenbar war es ihm nicht möglich, mit den Eltern am festlich gedeckten Tisch zu sitzen und ihnen zu sagen, dass er immer noch in der Pension übernachtete, dass er ständig unterwegs war, wenig schlief und Alkohol trank. Also ließ er sich, nur die Putzfrau durfte ihm die Wäsche bringen, verleugnen. Er ging nicht mehr zu den Briefkästen, schaltete das Handy aus, und am zweiten Weihnachtsfeiertag beobachtete er den Eingang des Mietshauses, in dem er wohnte, weil er damit rechnen musste, dass die Mutter, da er sich nicht gemeldet hatte und auch nicht zu erreichen war, dort auftauchen würde.

›Es wäre nur selbstverständlich‹, dachte Feldmann und weigerte sich, die Tragweite seines Benehmens zu überdenken.

Die Situation war absurd. Da ein heftiger Wind aufgekommen war, wurden die Baumkronen derart durcheinandergewirbelt, dass es Feldmann vom Fenster der Pension aus kaum noch gelang, das, was er im Auge behalten wollte, zu fixieren. Aber er tat so, als könnte ihm nichts entgehen, und er fühlte sich, sollte die Mutter vor dem Eingang des Mietshauses tatsächlich auftauchen, vollkommen sicher.

›Sie kennt meine Adresse, aber sie weiß nicht, wo ich jetzt bin‹, dachte er und lächelte, spürte, wie angenehm es war, dass er einige Gläser Cognac getrunken hatte.

So weit waren die Dinge also gediehen. Feldmann war allein, und gab es überhaupt noch jemanden, der ihm hätte helfen können, gesetzt den Fall, er wäre bereit gewesen, sich diesem anzuvertrauen?

10

Ja, doch. Es war jene, zu der Feldmann in der Zeit, in der er noch spazieren ging, immer wieder flüchtig hinaufgeschaut hatte, von der er einige Fotos gemacht und, was er bereute, wieder zerrissen hatte. Aber er wusste natürlich, wie sie aussah. Ihr Kopf war schmal, die rötlichen Haare, die bis zu dem Nacken reichten, lagen eng angeschmiegt, das Gesicht mit den feinen, ebenmäßigen Zügen war hell, beinahe weiß, ebenso der freie Hals. Sie, die man Mathilde nannte, hätte ihm, gäbe es da nicht gewisse und leider nicht zu ändernde Umstände, vielleicht helfen können. Nicht, was seine Neigungen betraf und seine Beziehung zu dem Barkeeper, von dem er nicht loskommen konnte. Aber sie hätte sich, da sie es war, die Feldmann so viele Umstände gemacht hatte, in aller Form entschuldigen können.

»Es tut mir leid«, hätte sie sagen können. Oder: »Gehen Sie, ich bitte Sie darum, in Ihre Wohnung zurück! Jeder sieht einmal etwas im Wege, wo alles frei ist, oder meint, er hätte, selbst wenn die Sonne scheint, zu wenig Licht. Und wenn Sie glauben, da wäre ein Schatten in Ihrer Tür, mein Gott, seien Sie froh, dass Sie überhaupt in der Lage sind, solchen Einbildungen freien Lauf zu lassen.«

Dies alles hätte sie sagen können, und es wäre, bedenkt man, was auf dem Spiel stand, nur recht und billig gewesen, aber sie hatte andere Sorgen: Mathilde war eine Gipsfigur, und das hatte Konsequenzen. Es überstieg alle Schwierigkeiten, die Feldmann für sich in Rechnung stellen konnte, denn sie blieb, es war die Bedingung ihrer Existenz, absolut unbeweglich, kannte weder ein Links noch ein Rechts, war dazu verurteilt, immer nur geradeaus zu sehen, und sie konnte, weil man sie vergessen hatte, nicht einmal darauf hoffen, dass man sie, wenn die Witterung es erforderte, in Schutz nahm. Auch der Giebel war mit der Zeit löchrig geworden, und die Farben, mit denen man sie bemalt hatte, um sie kenntlich zu machen, der Lack, oder war es etwas anderes, hatte feine, auf die Entfernung hin kaum sichtbare Risse, und es war durchaus denkbar, dass von hier aus Tag für Tag, und dies über ein Jahrhundert hinweg, etwas ins Innere gelangte, das diese anmutige Figur zu fürchten hatte. Vielleicht war ein Teil von dem Regen, der über ihr Gesicht, ihr Haar, ihren Hals hinweg in den offenen Spalt des Sockels eindrang und schon ein Stück von der Mauer und was darunter lag, die zugenagelte Tür, die halbabgetragene Treppe, zerstört hatte, vielleicht war ebendiese auch in den Sommermonaten nie verschwindende Nässe bereits dorthin gelangt, wo der Kopf inwendig durch einen eisernen Stab vom Hals bis zum Scheitel gesichert war. Dies, unterstellt man, dass Mathilde, wie Feldmann, das Recht und die Möglichkeit gehabt hätte, darüber nachzudenken, machte ihr Sorgen. Der Stab hatte Rost angesetzt, und es war nur noch eine Frage der Zeit, wann er zerfressen und also brüchig sein würde. Dann würde auch der Gips, der ihn umschloss, nicht mehr zu halten sein, und ein freier Fall auf das Dach der Autowerkstatt, es waren immerhin vier bis fünf Meter, würde nie wiedergutzumachende Folgen haben.

Hinzu kam: Wenn man die Fensteröffnungen im Blick hatte und das Stück Mauerwerk, in das der Sockel eingelassen war, wenn man sah, dass die Gesimse längst bis zur Unkenntlichkeit ausgewaschen worden waren, wenn man die gähnende Leere hinter den schmutzigen Scheiben bedenkt, die mit Isolierband und Pappstreifen notdürftig zusammengehalten wurden, dann allerdings wurde offensichtlich, dass Mathilde, die wahrhaft bessere Tage gesehen hatte und die früher einmal der Fassade einer engen, aber ansonsten luftigen Kutscherwohnung als Verzierung beigegeben worden war, dass sie allen Grund hatte, ohne Hoffnung zu sein. Für sie gab es kein Mittel, sich zu trösten oder abzulenken, und wo Feldmann vielleicht noch die Möglichkeit gehabt hätte, seine gegenwärtige Lage zu überwinden, er hätte nach Karlsruhe fahren können, um sich mit den Eltern zu versöhnen, hätte sich entschließen können, ab sofort die Bar nicht mehr zu betreten und stattdessen, ja warum nicht, seine geschiedene Frau anzurufen, wo er all das und noch vieles mehr hätte tun können, war sie, Mathilde, dazu verurteilt, in ein und derselben Haltung zu verharren, und sie musste, was auch immer sich an ihr vollzog, ohne Widerspruch geschehen lassen.

Hinter der Brücke

1

In letzter Zeit fühlte sich Alexander Friedrich immer wieder unwohl. Besonders nach dem Frühstück, dann konnte es vorkommen, dass der Druck in der Magengegend sich lange nicht verflüchtigen wollte. Aber er beschwerte sich nicht, fand es unnötig, sich jemandem anzuvertrauen, und zu einem Arztbesuch hätte man ihn überreden müssen. Alexander Friedrich war Historiker. Er arbeitete als freier Journalist für mehrere Tageszeitungen, und was erfreulich war: Er hatte eine kleine Erbschaft gemacht, die es ihm erlaubte, ein eigenes Haus zu bewohnen, und man wusste, dass er nun endlich Gelegenheit hatte, er interessierte sich für das Hohe Mittelalter, eine längere Abhandlung über das Leben der Hildegard von Bingen zu schreiben. Genauer: Er studierte vor allem die Antiphonen, die sie komponiert hatte, und er versuchte nachzuweisen, dass in ebendiesen Gesängen die Einsamkeit, ja Verlorenheit jener Zeit aufzuspüren und nachzuempfinden war.

Alexander Friedrich lebte allein, hatte nie versucht, an einer Beziehung festzuhalten, geschweige denn zu heiraten, und augenblicklich war er mit einer Ärztin liiert, die in Hohenschönhausen wohnte. Man traf sich ein-, zweimal in der Woche, meist fuhr Anneliese Bauer nach Potsdam. Dann aß man zusammen Abendbrot, hörte Musik oder ging ins Theater, und irgendwann versuchte Alexander Friedrich zu erklären, womit er tagsüber beschäftigt war.

»Es wird dir gefallen«, sagte er. »So etwas sang man im Mittelalter. Und es ist«, sagte er, während er eine CD in die Stereoanlage schob, »als wäre da nur eine einzige Stimme, die versucht, in den Himmel aufzusteigen.«

Sekunden später hörte man einen Sopran.

»Caritas abundat in omnia
De imis excellentissima super sidera
Atque amantissima in omnia,
Quia summo Regi
Osculum pacis dedit.«

Anneliese Bauer hörte höflich zu, aber es war nicht zu erwarten, dass sie sich für das mittelalterliche Bingen interessierte. Sie saß mit dem Rücken zum Fenster, er, Alexander Friedrich, sah ins Freie hinaus, und nachdem die CD abgespielt war, erhob sie sich und stand schon, um sich zu verabschieden, »ich habe noch Termine«, sagte sie, in der Tür.

Er umarmte sie, man traf eine neue Verabredung, und nachdem Anneliese Bauer hinter die Jasminsträucher, die eine Hecke bildeten, getreten war, wartete Alexander Friedrich am Hauseingang, bis das Taxi, das sie bestellt hatten, vorfuhr, dann ging er ins Zimmer zurück, trat ans Fenster, und wieder sah er ins Freie hinaus. Vielleicht wollte er die Havelberge sehen und hatte doch wieder nur die Glienicker Brücke vor Augen. Das massive, bedrohlich wirkende Gebilde, das ebenso gut eine Eisenbahnbrücke hätte sein können, verstellte ihm die Sicht, und da das Haus, in dem er wohnte, wesentlich tiefer, nämlich in der Nähe des Havelufers lag, war der Blick auf den flutenden Verkehr irgendwie verfälscht. Die Autos wirkten klein, aber die Räder, auf denen sie sich fortbewegten, überproportional groß.

›Wie in einem Trickfilm‹, dachte Alexander Friedrich, spürte ein Unwohlsein und musste sich setzen.

Anderthalb Wochen später traf er sich mit Anneliese Bauer in einem Berliner Restaurant, und natürlich sah er eine Gelegenheit, wieder über die Kompositionen der Hildegard von Bingen zu sprechen.

»Entschuldige«, sagte er, »ich hatte versäumt, dir etwas zu erklären. Was wir uns neulich auf der CD angehört haben, war eine Antiphone. Antiphonen rahmen den Psalmen- und Magnificatgesang ein«, sagte er und fasste über den Tisch hinweg nach ihrer Hand. »Es sind Ausschmückungen, daher reich an Melismen und betont virtuos. Raffinierte Tonebenen erzeugen Spannung. Die Textbehandlung folgt nicht unbedingt dem Wortsinn. Wenn von ›imis‹, den untersten Dingen, die Rede ist, ergeht sich der Gesang in höchsten Tönen, bei ›super sidera‹, über die Sterne hinweg, in tiefer Lage.«

Anneliese Bauer war mit ihrem Stuhl vom Tisch abgerückt, und irgendwann entzog sie ihm die Hand, und es war ja auch nicht so, dass sie bereit oder willens gewesen wäre, in dem, was er ihr sagte, mehr zu vermuten als ambitioniertes Gerede. Sie zahlten, ließen den Grappa, den man ihnen hingestellt hatte, unberührt, stiegen in das Auto, das auf der gegenüberliegenden Straßenseite geparkt war, verließen die Innenstadt in Richtung Hohenschönhausen, und am nächsten Morgen, als es zu dämmern begann, war Alexander Friedrich wieder an der Havel.

2

Ja, die Havel. Es ist ein Geheimnis dieser Gegend, dass es hier, jenseits der Glienicker Brücke, wo Berlin und Potsdam sich berühren, beinahe menschenleer ist, und vor allem abends, wenn man an den Ufern unterwegs ist, wirkt der Wald ringsherum wie ein riesiger Schatten. Es geht kein Wind, auf der Wasserfläche spiegelt sich der Himmel, aber so schwach, dass man unwillkürlich den Blick nach oben richtet, und niemand würde sich darüber wundern, wenn jetzt, da alles ins Unwirkliche verschoben und nicht mehr genau auszumachen ist, wenn jetzt auch noch eine Stimme zu hören wäre, jener ähnlich, mit der Alexander Friedrich, wenn er an seiner Arbeit schrieb, beschäftigt war:

»Caritas abundat in omnia
De imis excellentissima super sidera
Atque amantissima in omnia,
Quia summo Regi
Osculum pacis dedit.«

Bei ihrem nächsten Zusammentreffen war Anneliese Bauer bemüht, ihr Desinteresse an den Studien ihres Freundes, das ihn kränken musste, wenigstens zu erklären. Sie war Kardiologin und interessierte sich vor allem für kreislaufstimulierende Medikamente und für die Entwicklung der allerneuesten Herzkatheter.

»Meine Aufgabe ist es, die Leute am Leben zu erhalten, und du musst verstehen, dass ich kein Interesse daran habe, mich, wie du es tust, ausschließlich mit dem Vergangenen zu beschäftigen«, sagte sie.

»Wir sollten über etwas anderes reden«, antwortete Alexander Friedrich und erwähnte, dass er eine Einladung zu einem Symposion angenommen hätte. Er schlug vor, die Reise gemeinsam zu unternehmen. »Wir fahren in die Schweiz nach Leukerbad. Da können wir beide endlich einmal ausspannen. Es gibt dort heiße Quellen, und es wimmelt von Japanern, die jeden Morgen vor dem Frühstück in dem dampfenden Becken herumschwimmen. Ein komischer Anblick, aber man soll sich dabei erholen«, versicherte er, und Anneliese Bauer versuchte das Ganze, so wie er es offenbar tat, amüsant zu finden. Und um zu zeigen, wie geduldig sie war und dass sie sich entschlossen hatte, auf seine Interessen Rücksicht zu nehmen, fragte sie:

»Wann hältst du deinen Vortrag?«

»Donnerstagmittag.«

»Und wann müssten wir aufbrechen?«

»Dienstag früh.«

»Gut«, sagte sie, »dann werden wir versuchen, uns mit den Japanern zusammen in einer heißen Quelle zu erholen. Vorausgesetzt«, fügte sie hinzu, »ich finde jemanden, der mich für zwei, drei Tage in der Praxis vertritt.«

3

Der Kurort Leukerbad ist von Potsdam aus nur mühsam zu erreichen. Falls man mit dem Flugzeug nach Bern fliegt, setzt man die Reise in stundenlanger Bahnfahrt durch das Schweizer Hochgebirge fort. Links und rechts sieht man hin und wieder spärliches Grün, ansonsten wirken die Hänge wie Geröllhalden, und wenn man endlich in das Dalatal einbiegt, sieht man von weitem eine Ansammlung von Holzhäusern. Oder täuscht man sich? Ist der Badeort nicht viel zu berühmt, um, wie Alexander Friedrich fand, dermaßen armselig zu wirken! Das Hotel am Hauptplatz widersprach denn auch diesem Eindruck. Es wirkte gediegen, beinahe elegant, und in der Empfangshalle sah man auch schon die Japaner, die, in Pantoffeln und von ihren Bademänteln notdürftig bekleidet, den Aufzug verließen, um auf einer engen Wendeltreppe in Richtung Thermalbäder zu verschwinden.

»Wenn du willst«, sagte Alexander Friedrich, »nehmen auch wir erst einmal ein Bad. Zwanzig

Minuten lang. Danach kann man, so steht es jedenfalls im Prospekt, ausgiebig und vor allem entspannt schlafen.«

Sie folgten dem Hoteldiener, fanden das Zimmer, das er ihnen zeigte, akzeptabel. Alles holzgetäfelt, das Bad geschmackvoll gekachelt, auf dem Tisch die obligatorische Wasserflasche, und daneben lag das Kuvert mit einem Begrüßungswort und dem Programm der Tagung.

»Wissenschaftliche und ethische Aspekte der Vergangenheitsbewältigung«, war da zu lesen, und als Untertitel »Chancen und Grenzen des Historismus«.

Der Mittwoch verging, man schloss Bekanntschaften, traf sich zum Essen in einem nahegelegenen Restaurant, und am Donnerstag, es war gegen elf Uhr, trat Alexander Friedrich ans Rednerpult. Anneliese Bauer saß in der dritten Reihe. Sie hatte einen Teil des Gepäcks bei sich. Die beiden hatten beschlossen, nach dem Vortrag höchstens noch eine Stunde zu bleiben. Denn es war ja auch so: Alexander Friedrich war zwar als Wissenschaftskorrespondent überregionaler Tageszeitungen bekannt, aber er galt als Außenseiter, hatte bisher kein bedeutendes Buch veröffentlicht. Trotzdem war man gespannt, ob er, der sich für die Vokalmusik des Hohen Mittelalters interessierte, ob er wirklich, wie angekündigt, etwas Neues herausgefunden hatte.

Zunächst ging Alexander Friedrich auf das Motto der Tagung ein, und er ließ es sich nicht nehmen, den Begriff Vergangenheitsbewältigung in Frage zu stellen.

»Man kann die Vergangenheit nicht bewältigen«, sagte er und äußerte Zweifel, ob es überhaupt möglich sei, all das, was nicht mehr ist, im Gedächtnis zu behalten. Und als er ausschweifender wurde und die These vertrat, dass der Mensch nicht einmal imstande sei, alles Gegenwärtige, eben das, was er tagtäglich vor Augen hatte, wahrzunehmen, als er meinte, der Historismus, der auch seine Leidenschaft sei, hätte weder Chancen noch Grenzen, er wäre nichts weiter als der Versuch, mit einem Streichholz in ein verschwundenes Universum hineinzuleuchten, als er all dies gesagt hatte und endlich, um mit seinem Vortrag zu beginnen, nach dem Manuskript griff, bekam er einen Schwächeanfall. Man brachte ihm, da er sich setzen musste, einen Stuhl. Er trank ein Glas Wasser, ging mit schleppenden Schritten ans Pult zurück und sagte:

»Ich bitte um Entschuldigung. Ich wollte Sie nicht langweilen. Ich wollte über das Leben und Wirken der Hildegard von Bingen sprechen. Aber wir haben, wie Sie sehen, nur den Augenblick und dürfen nicht so tun, als könnten wir, was vergangen ist, wieder lebendig oder nacherlebbar machen. Da ist nichts«, sagte er. »Und darin stochert man nun herum, notiert irgendwelche Jahreszahlen. Aber was 1179 im Kloster Rupertsberg wirklich passiert ist, weiß heute kein Mensch mehr.«

4

Auf der Heimreise schwieg Alexander Friedrich, und da er sich, wie er fand, blamiert hatte, beschloss er, noch intensiver, noch rücksichtsloser an seinem Vorhaben zu arbeiten. Zugegeben, über die von Bingen war allzu oft und mit großer Akribie und von namhaften Leuten geschrieben worden, aber dies konnte ihn nicht davon abhalten, es nochmals zu versuchen. Er nahm sich vor, ›am besten gleich morgen früh‹, dachte er, den Katalog der Staatsbibliothek zu durchforsten, und wie lange man ihn in dem Saal unter einer abgeschirmten Lampe lesen und schreiben sah, wie oft er sich erhob, um die Karteikarten in den Kästen umzublättern, wie oft er die Aufsicht um diese und jene Gefälligkeit bat, wie oft er in der Kantine saß, um eine Tasse Kaffee oder Coca-Cola zu trinken, noch schien er der Sache gewachsen, aber so konnte es natürlich nicht weitergehen. Und glaubte Alexander Friedrich tatsächlich, es würde ihm gelingen, sich seiner Freundin zu entziehen oder so zu tun, als hätte er nicht bemerkt, dass sie ihm, da er nie anzutreffen war, eine Nachricht hinterlassen hatte?

»Sei nicht albern«, schrieb sie, »und begreife endlich, dass ich mir nach der Sache in Leukerbad die allergrößten Sorgen mache.«

Eines Tages stand sie, als er den Kiesweg betrat, vor den Jasminsträuchern. Sie hatte auf ihn gewartet. Die beiden gingen ins Haus, setzten sich an den Küchentisch, und nun forderte Anneliese Bauer ihn auf, ihr endlich zu sagen, wie es zu diesem Schwächeanfall kommen konnte.

»Tja«, antwortete Alexander Friedrich, »wenn ich das wüsste.«

»Hast du immer noch Beschwerden?«

Er sah sie aus ratlosen Augen an.

»Ich will dir nicht zu nahe kommen«, sagte sie, »aber wer dauernd mit dieser schrillen und, wie ich finde, unangenehmen Stimme aus dem Mittelalter beschäftigt ist, die auch noch versucht, wie hattest du doch gesagt, geradewegs in den Himmel aufzusteigen, der darf sich nicht wundern, wenn er überfordert ist. Trotzdem möchte ich dich bitten, und mach jetzt keine Ausflüchte«, fügte sie hinzu, »morgen gegen zehn Uhr, am besten eine halbe Stunde danach, in meiner Praxis zu sein.«

Alexander Friedrich hielt sich an die Verabredung. Er hatte kaum geschlafen, verzichtete auf das Frühstück, und nachdem man ihm Blutproben abgenommen hatte, nachdem die Untersuchung für das Kardiogramm abgeschlossen war, stand er mit freiem Oberkörper vor Anneliese Bauer.

»Das Herz ist in Ordnung«, sagte sie, und er sah, nachdem er sich angezogen hatte, geduldig zu, wie sie etwas notierte.

Zwei Tage später saß er wieder in einem Ärztezimmer. Man forderte ihn auf, ein Kontrastmittel zu trinken, führte ihn in den Raum mit dem Computertomographen, und nach dieser Untersuchung musste Alexander Friedrich ungewöhnlich lange warten. Man übergab ihm ein geschlossenes Kuvert, und nachdem er in die Praxis von Anneliese Bauer zurückgekehrt war, wusste man dort offenbar Bescheid. Die Sprechstundenhilfe, sonst eher mürrisch, empfing ihn mit einem Lächeln, nahm ihm das Kuvert ab, verschwand hinter einer Tür, die sich sofort wieder öffnete, und nun betrat Anneliese Bauer den Korridor. Sie griff nach ihrem Mantel, rief der Sprechstundenhilfe zu, dass sie in einer halben Stunde zurück sein würde. Dann ging sie mit Alexander Friedrich auf die Straße hinaus. Wenig später sah man die beiden in einem Café, und diesmal fasste Anneliese Bauer nach seiner Hand. Sie hatte sich über den Tisch hinweg zu ihm hinübergebeugt, redete auf ihn ein. Dies dauerte und dauerte, und ihre Besorgtheit und dass er, Alexander Friedrich, von dem, was sie ihm zu sagen hatte, offenbar nichts wissen wollte, mehrmals stand er auf, um sich gleich wieder zu setzen, dies alles ließ vermuten, dass da etwas Ernstes, wenn nicht gar Unwiderrufliches passiert war.

5

Es verbietet sich von selbst, darüber zu berichten oder auch nur zu mutmaßen, welche Art von Erkrankung es war, die Anneliese Bauer veranlasste, fast jeden Tag in Potsdam zu sein. Aber eines war sicher: Alexander Friedrich hatte nicht die geringste Aussicht, das nächste halbe Jahr zu überleben, wenn er ihren Anweisungen nicht folgte, und es tat ihm wohl, dass sie, je heftiger er sich dagegen wehrte, umso hartnäckiger seine Nähe suchte.

Es war Anfang August und schwül. Sie tranken gekühlten Weißwein, saßen nebeneinander auf dem Sofa. Sie hatte ihren linken Arm um seine Schulter gelegt und schien ihm etwas zu erklären, leise und indem sie nach Worten suchte, und da er so ruhig zuhörte und sie glauben durfte, er wäre mit dem, wozu sie ihm riet, nein, worum sie ihn bat, endlich einverstanden, erschrak sie, als er plötzlich und mit Entschiedenheit sagte:

»Der Historiker beschäftigt sich mit dem Totenreich. Und nur mit dem Totenreich. Also sollte er sich, wenn es so weit ist, nicht weigern, es zu betreten.«

Darauf antwortete sie nicht. Stattdessen zog sie einen Packen Medikamente aus ihrer Handtasche.

»Da du bisher alle Termine verweigert hast«, sagte sie, »war ich gezwungen, dir diese Sachen selber zu bringen. Du kannst sie einnehmen oder nicht. Ich habe alles Nähere aufgeschrieben. Und jetzt möchte ich wissen: Wollen wir noch ein paar Jahre zusammenbleiben, oder willst du gleich zu deiner Hildegard von Bingen.«

›Sie ist gekränkt, aber ich kann es nicht ändern‹, dachte Alexander Friedrich.

Er umarmte sie, bedauerte, dass er ihr so viel Kummer machen würde, versprach, ihre Ratschläge zu überdenken, brachte sie zum Taxi, das vorgefahren war, dann ging er ins Zimmer zurück, und wieder beobachtete er den Verkehr auf der Glienicker Brücke, und diesmal war es ihm angenehm, dass die Autos, zumindest vom Fenster des Wohnzimmers aus, viel zu klein und die Räder, auf denen sie sich fortbewegten, überproportional groß wirkten. An diesem Eindruck wollte er festhalten, und auch dass die Dämmerung nicht aus Richtung Potsdam oder Berlin, sondern über den Havelbergen allmählich an Konturen gewann, auch damit war er irgendwie einverstanden.

›Es ist gut so, dass mir die Sicht verstellt ist‹, dachte er, ›und niemand wird mich dazu bringen, einen Spaziergang in Richtung Sacrow zu unternehmen, nur um die Gegend, aus der die Dämmerung kommt, besser zu überblicken.‹

Und nun geschah etwas, das er nicht erwartet hatte. Er trank sein Glas Weißwein leer, achtete nicht auf die Schmerzen, die sich wieder eingestellt hatten, und irgendwann glaubte Alexander Friedrich eine Stimme zu hören, jener ähnlich, mit der er, wenn er an seiner Arbeit schrieb, beschäftigt war.

›Wie ist das möglich‹, dachte er und versuchte durch das Stahlträgergerüst der Brücke hindurch zu ergründen, woher der Gesang, den er zu hören glaubte, kam. Es gelang ihm nicht. Trotzdem:

»Caritas abundat in omnia
De imis excellentissima super sidera
Atque amantissima in omnia,
Quia summo Regi
Osculum pacis dedit.«

›Dies höre ich mit Sicherheit‹, dachte Alexander Friedrich und staunte, wie mühelos es ihm gelang, die Einsamkeit, ja Verlorenheit eines Zeitalters nachzuempfinden, von dem er behauptet hatte, es sei seit tausend Jahren ein für alle Mal verschwunden. ›Was für eine wohltuende Leere! Die Gegend am Rhein war kaum besiedelt. Man fror noch, wenn es kalt war, und hatte Mühe, eilig unterwegs zu sein. Man kannte noch keine überhöhten Geschwindigkeiten, dafür aber unendliche Räume‹, dachte er und war froh, dass er sich mit dieser Zeit so intensiv beschäftigt hatte.

6

Acht Wochen später verließ Alexander Friedrich nur noch selten das Haus, und dann vor allem, um sich für eine Woche mit Lebensmitteln einzudecken. Er war entschlossen, sich über das, was ihn erwartete und was im Letzten unausweichlich war, Klarheit zu verschaffen. Anfangs fürchtete er, es könnte wieder ein Taxi vorfahren und er würde, wenn er über die Jasminsträucher hinweg auf die Straße sah, doch noch die hohe, schlanke Gestalt der Anneliese Bauer entdecken, würde ihre energischen Schritte auf dem Kiesweg hören. Aber da dies nicht geschah, fühlte er sich ungestört.

Die Zeit drängte, er wurde zusehends schwächer, und nun überlegte er, wo er, falls er sich dies hätte aussuchen können und bedachte man die unendlichen Räume des Vergangenen, am liebsten, und dies für alle Zukunft, hätte anwesend sein wollen. Eine Weile schien er zu zögern und mit seinen Gedanken hierhin und dorthin zu schweifen, aber dann hoffte er doch, jene Stimme wiederzuhören, die schon einmal, und dies war unbestreitbar, aus der Gegend hinter der Brücke zu hören gewesen war und die es ihm möglich gemacht hatte, sich in die für ihn jetzt so hoffnungsvolle Welt des mittelalterlichen Bingen einzufühlen.

Also setzte er sich, nachdem er die Leitzordner hervorgezogen und stundenlang in alten Zeitungsartikeln geblättert, nachdem er nochmals alle Skizzen und Notizen, die Kunst der Antiphone betreffend, überprüft und mit Korrekturen versehen hatte, nachdem er sich vergewissert hatte, dass ihm alle Ereignisse des Jahres 1179 im Kloster Rupertsberg sehr wohl, obwohl er dies vor kurzem erst bestritten hatte, vertraut waren, also setzte er sich ans Fenster und wartete.

Das Rauschen des Verkehrs hatte nachgelassen, und hinter dem Horizont, den er im Blick hatte, begann so etwas wie ein Wetterwechsel.

›Vielleicht ein Gewitter‹, dachte Alexander Friedrich und meinte ein schwaches, immer wiederkehrendes Aufleuchten zu sehen.

Im Garten erhob sich ein Wind, der allmählich stärker wurde. Eine halbe Stunde später begann es zu stürmen und zu regnen, und Alexander Friedrich saß immer noch am Fenster, strich sich über die nassen Haare, und erst nachdem das Gewitter vorübergezogen war, stand er auf, ging zum Sofa, griff nach den Schachteln mit den Medikamenten und verstaute sie, ohne dass er sie geöffnet hätte, um wenigstens die Beipackzettel zu lesen, in die unterste Schublade seines Schreibtischs. Für Augenblicke hielt er die Karte in der Hand, auf die Anneliese Bauer ihre Anweisungen, die Dosierung der Medikamente betreffend, geschrieben hatte. Er sah, wie akkurat und steil gehalten ihre Schrift war, spürte ein Gefühl des Bedauerns, steckte die Karte in die Jackentasche. Er ging in den Abstellraum, um einen Lappen zu holen, wischte mit umständlichen Bewegungen den Parkettboden, der vollgeregnet war, trocken. In der Küche holte er eine Banane aus dem Kühlschrank, die er widerwillig und indem er kleine Bissen nahm, verzehrte. Er spürte einen Brechreiz, den er unterdrückte, und Minuten später saß er wieder am Fenster.

›Auf die Tabletten kann ich verzichten, aber nicht auf die Stimme‹, dachte er. Und: ›Ich habe ein Recht darauf, dass sich all das, womit ich ein Leben lang beschäftigt war, dass sich das Vergangene, dem ich nun selber bald angehören soll, am Ende auch wirklich zeigt.‹

Aber da war nichts weiter als ein fernes Donnergrollen, und irgendwann, da es ihm aussichtslos erschien, weiter in Richtung Havelberge zu lauschen, nahm er das, was er in einem Kaufhaus erworben und seit Monaten sicher bei sich hatte, nahm er die CD mit den Antiphonen zur Hand und schob sie in die Stereoanlage.

›Es ist nicht das, worauf ich gehofft hatte. Aber besser als nichts‹, dachte Alexander Friedrich und drückte auf den Knopf, auf dem das Wort »Power« zu lesen war.

Ein Blick noch auf das schmale Heftchen, das der CD beigegeben war. Man sah die berühmte Miniatur, sah die von Bingen im Gespräch mit einem Mönch. Die Haare flogen ihr auf, oder war es, sie trug ein Kopftuch, eine Allegorie, die ihre Besonderheit kenntlich machen sollte, und was von ihr überliefert war, sang eine gewisse Almut Teichert-Hailperin. Etwas zu laut. Alexander Friedrich hatte die Bässe und Höhen übersteuert und damit begonnen, die Türen zu öffnen, so dass der Sopran, wenn man das Haus verließ und auf die Straße hinaustrat, immer noch deutlich zu hören war. Aber wenn man sich weiter entfernte, schon auf der Höhe der Glienicker Brücke, wurde alles viel schwächer. Das Haus, obwohl erleuchtet, trat ins Dunkel zurück, nur die Stimme aus der CD hielt sich hartnäckig und verschwand erst, nachdem man, falls man sich zu einem längeren Spaziergang entschloss, die Havelberge erreicht hatte.

Der Abgrund des Endlichen

I

Am 30. November 2008 bekam ich folgenden Brief:

»Sehr geehrter Herr«, schrieb da jemand, den ich nicht kannte, »erinnern Sie sich an das Jahr 1948 und an jene Juninacht, in der Ihr Bruder tot im Wald aufgefunden wurde! Nun, ich bin sein Mörder, und ich habe allen Grund, mich Ihnen anzuvertrauen.«

Es folgte so etwas wie ein Gruß und eine Unterschrift, die ich nicht entziffern konnte, und es war vollkommen klar, dass ich annehmen musste, hier hätte sich jemand einen schlechten Scherz erlaubt. Tage später erhielt ich einen zweiten Brief.

»Hätten Sie Zeit, sich mit mir zu treffen?«, stand da in derselben, kaum leserlichen Schrift. »Und zwar vor jener Laube in Johannisthal, die Sie, wie ich vermute, noch in Erinnerung haben. Nennen Sie mir einen Termin. Ich werde, wann immer es Ihnen passt, dort sein.«

Ich war betroffen, versuchte nochmals, die Unterschrift zu entziffern, wendete das Kuvert hin und her. Aber da war nirgends ein Absender, nur die Briefmarke mit dem Poststempel, und nun grübelte ich darüber nach, wie es möglich sein sollte, dass jemand über ein Ereignis, das sechzig Jahre zurücklag, offenbar Bescheid wusste, und vor allem irritierte es mich, dass er die Laube erwähnte, jene Laube, in der ich tatsächlich mit meiner Mutter und meinem Bruder einige Jahre gewohnt hatte.

Ich hatte die Gegend, nachdem wir dort weggezogen waren, nie wieder gesehen, erinnerte mich aber noch an die Schrebergärten und dass da ein größeres Waldstück gewesen war, und dies wenigstens hatten die beiden Briefe, was auch immer sie bedeuteten, erreicht: Ich nahm mir vor, in den südöstlichen Teil Berlins, nämlich nach Johannisthal, zu fahren, griff nach dem Faltplan, um herauszufinden, wie man von Wilmersdorf aus auf dem kürzesten Weg dorthin gelangen konnte. Es gab zwei Möglichkeiten. Entweder man durchquerte die Innenstadt in Richtung Treptow und bog, sowie man Niederschöneweide erreicht hatte, in die Südostallee ein, oder man benutzte die Autobahn in Richtung Neukölln bis zur Neuen Späthstraße und fuhr dann weiter in Richtung Königsheideweg.

Das Wetter war kühl, es begann zu regnen, und nachdem ich ein Arboretum und einen kleinen See passiert hatte, bog ich in jene Chaussee ein, hinter der die Schrebergärten lagen. Ich erkannte einiges wieder: Da war das Restaurant diesseits der Chaussee, und wenn man, ich hatte den Wagen geparkt, die Chaussee überquerte, stand man vor einem Tor mit der Aufschrift »Kolonie Blumenhain«. Ein breiter Weg führte an Holzlauben vorbei, die man links und rechts inmitten von Sträuchern und Obstbäumen aufgestellt hatte, und da es Herbst war und überall das Laub fehlte, wirkten sie armselig und ungeschützt. Die Fenster waren winzig, hier und dort mit Pappe und Plastikfolie ausgebessert. Ich fror bei dem Gedanken, dass ich hier oder weiter dort, wo die nächste Laubenkolonie begann, jahrelang gewohnt haben sollte, und nun fiel mir auch die Adresse wieder ein.

›Kolonie Frohsinn, Nummer 53‹, dachte ich, war aber unfähig weiterzugehen, um nach der Parzelle, deretwegen ich hergefahren war, zu suchen.

Ich fühlte mich unbehaglich. In meinem Rücken war der Wald, und ich hatte allen Grund, diese Gegend zu meiden, denn hier lag der Bombentrichter, in dem man meinen Bruder verscharrt hatte. Dies gehörte zu den wenigen Auskünften, die ich von meiner Mutter bekommen hatte, und dass man nach denen, die meinen Bruder erschlagen hatten, vergeblich suchte, dies hatte meine Phantasie beschäftigt. Aber es war lange her. Jetzt stand ich für Augenblicke an der löchrigen Straße, die Wald und Schrebergärten voneinander trennte, versuchte herauszufinden, wo genau, von welcher Seite aus man den Wald hätte betreten müssen, um zu dem Bombentrichter zu gelangen, ließ es schließlich sein, wohl auch, weil ich glaubte, dass dort inzwischen alles überwachsen und also unauffindbar geworden war. Ich ging zum Wagen zurück, beschloss die Sache zu vergessen, was nicht gelang, denn am nächsten Vormittag bekam ich wieder einen Brief, und wieder stellte sich der Unbekannte als Mörder meines Bruders vor. Er bedauerte, dass es ihm bisher unmöglich gewesen sei, mit mir Kontakt aufzunehmen, und vor allem: Er erwähnte meinen Ausflug nach Johannisthal, und er gab mir den Rat, das nächste Mal nicht vor der löchrigen Straße stehenzubleiben.

»Betreten Sie ruhig die Königsheide«, schrieb er, »und halten Sie sich strikt an die Straße, die auf das Wasserwerk zu führt. Dann erreichen Sie eine Weggabelung, und weiter nach rechts zu, am Ende eines Trampelpfads, liegen die Bombentrichter. Es sind im Ganzen drei«, versicherte er, »einer aber ist größer als die anderen, und ich versichere Ihnen«, fügte er hinzu, »Sie werden alles, obwohl so viel Zeit vergangen ist, wiedererkennen.«

2

Es gab keinen Zweifel: Ich wurde beobachtet. Denn wie hätte jener, der mir die Briefe schrieb, sonst wissen können, dass ich vor einer löchrigen Straße gestanden hatte und ausgerechnet vor jenem Waldstück, in dem das Verbrechen, dessen sich der Unbekannte bezichtigte, geschehen war.

›Da war niemand außer mir‹, dachte ich. ›Die Lauben waren verlassen, und der Regen war zuletzt derart, dass sich nicht einmal ein Hund ins Freie gewagt hätte. Und doch‹, dachte ich, ›war es ein Fehler, dorthin zu fahren.‹

Auf dem letzten Kuvert konnte ich das Datum entziffern. Es war offenbar noch am selben Tag, nachdem ich jene Gegend mit dem Wald und den Schrebergärten verlassen hatte, aufgegeben worden, und ich glaubte mich zu erinnern, dass ich in der Nähe des Sterndamms ein Postamt gesehen hatte. Zugegeben, es war albern und für jenen, der mich belästigte, zu viel der Ehre, aber irgendwann war ich wieder auf dem Weg nach Johannisthal, erkundigte mich auf dem Postamt, wo das Kuvert abgestempelt worden war, und nun hatte ich Klarheit.

›Es war genau hier, in der Nähe des Sterndamms. Er hat mich beobachtet und ist anschließend zum Briefkasten gegangen‹, dachte ich und ertappte mich dabei, dass ich mich, nachdem ich das Postamt verlassen hatte, immer wieder umsah.

Kurze Zeit später stand ich vor der Parzelle Nummer 53, die zur Kolonie Frohsinn gehörte, und es war mir gleichgültig, ob ich beobachtet wurde oder nicht. Ich sah über die eiserne Tür hinweg in den Garten, und ich staunte, wie unverändert hier alles war. Links, direkt am Zaun des Nachbarn, standen Stachelbeersträucher, dahinter, auf der Höhe der Laube, glaubte ich Kirschbäume zu erkennen, und der Weg, der zum Eingang der Laube führte, war mit Kies belegt.

›Nur der Komposthaufen und die Beete mit dem Gemüse fehlen‹, dachte ich und bemerkte, dass sich die Gartentür öffnen ließ.

Ich trat ein, ging einige Schritte auf die Laube zu, aber schon der Blick auf die brüchige Fensterfront war mir unangenehm. Ich wusste, dahinter lag ein kaum drei Quadratmeter großer Raum. Auch die Anordnung der übrigen Zimmer fiel mir wieder ein. Da gab es noch eine Art Veranda und dahinter zwei winzige, durch eine Bretterwand getrennte Verschläge.

›Dort haben wir geschlafen‹, dachte ich und erinnerte mich, wie widerwillig die Besitzerin des Grundstücks unserer Einquartierung, es war nach Ende des Krieges, wir waren Flüchtlinge aus dem Osten, zugestimmt hatte. Und wie misstrauisch sie gewesen war! Immer wieder tauchte sie, die in Rudow wohnte, unvermittelt auf, um zu überprüfen, ob wir etwas von dem Obst, den Kirschen, Pflaumen oder Johannisbeeren, bevor sie es ernten konnte, gestohlen hatten. Und im Winter, wenn wir versuchten, die Laube durch einen winzigen Kanonenofen einigermaßen warm zu halten, wollte sie dies mit dem Hinweis, dass der Schornstein baufällig sei, verhindern. Natürlich:

›Die Frau ist längst gestorben, und was geht mich das Ganze überhaupt noch an!‹, dachte ich, bemerkte, dass die Gardinen an den Fenstern zugezogen waren, und als ich das Grundstück verließ, als ich mich, bevor ich ins Auto stieg, nochmals umdrehte, sah ich, dass ich vergessen hatte, die Gartentür zu schließen.

3

Eine Woche verging, ohne dass man mich weiter belästigte, aber Mitte Dezember, ich hatte meine Reisetasche gepackt, um in den Urlaub zu fahren, Mitte Dezember bekam ich wieder einen Brief.

»Sehr geehrter Herr«, las ich, »leider ist es mir nicht möglich, Ihnen, wenn Sie in Johannisthal unterwegs sind, überallhin zu folgen, und das Taxi, das ich benutze, wird mir auf die Dauer zu teuer. Ich bin nicht geizig, und ich versichere Ihnen, ich habe weder Kosten noch Mühe gescheut, um von Montreal nach Berlin zu fliegen, einzig zu dem Zweck, mit Ihnen ein Gespräch zu führen. Glauben Sie mir, es ist dringend. Ich habe nicht mehr viel Zeit, und fänden Sie es wirklich unzumutbar, wenn ich Sie darum bitte, mir, an welcher Stelle auch immer, eine Nachricht zu hinterlassen, wo ich Sie erwarten darf? – Sorry«, stand da noch. Es fehlte die Unterschrift.

Ich faltete den Brief zusammen, steckte ihn ins

Kuvert zurück, sah auf meine Reisetasche. Was sollte ich jetzt tun? Die Sache war ärgerlich und abwegig, und es gab keinen Grund, sich durch einen anonymen Schreiber beunruhigen zu lassen. Aber es ging um meinen Bruder, und es war immerhin möglich, dass sich nach sechzig Jahren jemand meldete, der über sein trauriges Ende Bescheid wusste.

›Ich muss die Sache, so oder so, hinter mich bringen‹, dachte ich, beschloss, auf den Urlaub zu verzichten, und schrieb, worum mich der Unbekannte gebeten hatte, ein paar Zeilen, in denen ich mich bereit erklärte, ihn zu treffen. Ich nannte Ort und Zeit, wusste auch schon, wo ich den Zettel, den ich in eine Plastikfolie wickelte, deponieren wollte, und am nächsten Tag war ich das dritte Mal nach Johannisthal unterwegs.

Wer den Berliner Stadtplan zur Hand nimmt und nach der Königsheide sucht, der findet im Südosten ein grün eingezeichnetes Gebiet. Es ist jenes Waldstück, das die Bezirke Baumschulenweg und Johannisthal voneinander trennt, und es ist der kürzeste Weg, um von den Schrebergärten aus zu den S-Bahnhöfen zu gelangen. Der Baumbestand ist dicht, man sieht keinen Himmel, die wenigen Lichtungen sind überwuchert, aufgewühlte, schnurgerade Sandwege führen hierhin und dorthin, so dass man sich leicht verirrt, und wer von der Kolonie Blumenhain, von der löchrigen Straße aus, einen dieser Wege betritt, ist gut beraten, sich von den zahlreichen Kreuzungen, die er passieren muss, nicht beirren zu lassen.

Denn in einem hatte der Unbekannte recht: Man musste sich strikt in Richtung Wasserwerk halten, bis man eine Kiefernschonung erreichte, und hinter einer Gabelung, einem Fußweg, der ins Unterholz führte, lagen, auch da hatte der Unbekannte recht, drei Bombentrichter.

Dies hatte ich so nicht in Erinnerung. Denn wenn man damals von der Stelle redete, an der mein Bruder verscharrt worden war, meinte man immer nur jene kreisrunde Vertiefung mit den schrägen, überaus steilen Wänden, die ich als Kind, ich war damals elf Jahre alt, selbst einmal in Augenschein genommen hatte. Jetzt sah ich stattdessen zwei kleinere, bis zur Hälfte zugewachsene Trichter und in deren Mitte, etwas versetzt, einen dritten, der größer und tiefer war als die anderen.

Ich sah mich um, wunderte mich, dass der Fußweg, eine Art Trampelpfad, auf dem mein Bruder seinen Mördern offenbar freiwillig gefolgt war, immer noch, ›und das nach Jahrzehnten‹, dachte ich, zu erkennen war. Ich nahm einen Stein auf, legte ihn an den Rand des größeren Trichters, und während ich mich wieder entfernte, sah ich, dass der Stein den Zettel, der unter ihm lag, verdeckte.

›Keine Sorge‹, dachte ich. ›Wenn der Unbekannte wirklich der ist, der er zu sein behauptet, wird er keine Mühe haben, ihn zu finden.‹

4

Wer einen Bruder hat, der sieben Jahre älter ist und der mit achtzehn aus seinem Leben verschwindet, der kann nicht behaupten, er hätte viel über ihn zu erzählen. Es ist eine andere Welt, in die man als der Jüngere nicht gelangen kann, und die Überlegenheit des Älteren wird immer, ob man sich dies eingesteht oder nicht, ein Geheimnis bleiben.

Hinzu kommt: Ich habe meinen Bruder nur selten erlebt. Eine Zeitlang war er auf einem Internat, und als wir, die wir in Polen auf dem Lande lebten, in russische Gefangenschaft gerieten, gelang ihm die Flucht westwärts über die Oder. Nach Berlin zurückgekehrt, fanden wir ihn wieder, aber die zweieinhalb Jahre, die wir mit der Mutter zusammen in einer Laube verbringen mussten, waren viel zu kurz, um irgendwelche Erlebnisse geltend zu machen. Er hatte immer Hunger, begann eine Lehre als Tischler, war unglücklich, wenn die Mutter ihm verbot, sich mit seiner Freundin zu treffen, und nach einer Tanzveranstaltung, er war auf dem Heimweg, hatte man ihn bewusstlos geschlagen und verscharrt.

Die Ermittlungen der Polizei blieben erfolglos. Man wusste nur so viel: Es gab Gründe, anzunehmen, dass er mit seinen Mördern bekannt gewesen war. Aber die politischen Verhältnisse im damaligen Berlin ließen es nicht zu, dies endgültig zu klären. »Sie sind nach Kanada geflohen«, hieß es schließlich, und dass der anonyme Briefschreiber von sich behauptete, er käme aus Montreal, dies nahm ich als Beweis, dass es vielleicht doch richtig gewesen war, ihm zu antworten. Natürlich: Meine Antwort in den Bombentrichter zu legen und ihm vorzuschlagen, sich mit mir in der Laube, in der wir gewohnt hatten, zu treffen, dies verriet, dass ich die Sache nicht wirklich ernst nahm. Außerdem: Wie sollte ich ohne die Erlaubnis des jetzigen Besitzers die Laube überhaupt betreten!

›Völlig absurd‹, dachte ich, kam aber von dem Gedanken nicht los, dass das, was ich dem Unbekannten vorgeschlagen hatte, letzten Endes gelten musste.

Und so stand ich zur verabredeten Zeit wieder vor der Gartentür der Parzelle 53, die immer noch halb offen stand. Ich musterte die Fenster, vergewisserte mich, dass auch auf der hinteren Seite der

Laube nirgendwo Licht brannte, und nun hielt ich mich zwischen den Kirschbäumen auf, wartete darauf, ob sich der Unbekannte, und zur verabredeten Zeit, zeigen würde.

Ich zog meine Uhr hervor, und kaum hatte ich dies getan, war da schon jemand, der durch die Gartentür eintrat. Seine Bewegungen waren ruhig und gemessen, und offenbar war er gezwungen, einen Krückstock zu benutzen. Aber er hielt sich aufrecht, wirkte keineswegs gebrechlich, und er schien gute Augen zu haben. Er sah in Richtung Kirschbäume, kam langsam näher.

›Es ist ein alter Mann. Aber wie sollte es anders sein‹, dachte ich und erschrak.

Dann standen wir uns gegenüber.

Was weiterhin geschah, lässt sich nur schwer begreifen, und ich kann mich an die erste Begegnung, die ich mit dem Unbekannten hatte, nicht in allen Einzelheiten erinnern. Ich weiß nur, dass er ein Taschentuch hervorzog, mit dem er sich über das Gesicht wischte.

»Sorry«, sagte er, dann kam er sofort zur Sache.

Er wiederholte, was er mir in den Briefen schon geschrieben hatte, nämlich dass er einer der Mörder meines Bruders sei, und er sprach davon, dass die anderen, sie seien damals zu dritt gewesen, inzwischen gestorben seien.

»Aber ich lebe noch, und das ist mein Problem«, versicherte er und wollte sich näher erklären.

Ich fiel ihm ins Wort, wies darauf hin, dass sein Geständnis nach so langer Zeit und unter diesen Bedingungen unglaubwürdig, ja, absurd sei, und nun bat er mich darum, dass ich ihm die Gelegenheit geben sollte, seine Schuld zu beweisen.

»Wie«, fragte ich, »jetzt, mitten in der Nacht?«

Er bestand darauf.

»Dass ich es vorziehe, einen Krückstock zu benutzen, darf Sie nicht irritieren. Ich bin immer noch gut zu Fuß, muss aber darauf achten, die linke Hüfte zu entlasten«, sagte er.

Ich gab schließlich nach, wohl auch, weil es sinnlos war, in einem fremden Garten unter laublosen Kirschbäumen länger herumzustehen, und kurz darauf überquerten wir die Straße, die zur Königsheide führte. Ich hielt Abstand, wunderte mich, wie geschickt der andere mit dem Krückstock hantierte, aber nachdem er etwa hundert Meter auf dem Weg, der in Richtung Wasserwerk bis zur Weggabelung führte, vorausgegangen war, musste er sich setzen. Ich hörte ihn, nachdem er einen Baumstamm gefunden hatte, schwer atmen, achtete aber darauf, ihm auch jetzt, wo er offenbar Hilfe brauchte, nicht zu nahe zu kommen, und so sah ich ihn, nachdem ich stehengeblieben war, aus misstrauischen Augen an. Aber schon war er wieder aufgestanden und beeilte sich, jene Weggabelung zu erreichen, an der das Verbrechen, so viel hatte die Polizei herausgefunden, seinen Anfang genommen hatte, und nun war ich gespannt, ob es dem alten Mann gelingen würde, etwas von dem, was er behauptete, tatsächlich zu beweisen.

Er winkte mir zu, wartete, bis ich endlich näher gekommen war, dann wies er mit dem Krückstock auf den Trampelpfad, der in den Wald führte, und sagte:

»Hier haben wir auf ihn gewartet. Wir wussten, dass er, um nach Hause zu kommen, an dieser Stelle vorbeigehen musste. Und so war es denn auch. Ja«, fügte er hinzu, »Ihr Bruder war immer sehr freundlich, und da wir, wenn wir nicht tanzen waren, regelmäßig miteinander Karten spielten, gab es auch an diesem Abend keinen Grund, misstrauisch zu sein. Wir forderten ihn auf, mit uns, wie man so sagt, für ein, zwei Minuten hinter die Büsche zu gehen. Denn wir wollten ihm etwas zeigen.«

Dies sagte er und war schon auf dem Trampelpfad in Richtung der Bombentrichter unterwegs, und nun erklärte er ausführlich, dass er und die anderen zwei mit Bedacht, bevor sie meinem Bruder auflauerten, den größten der Trichter in Augenschein genommen hätten.

»Weil er tief genug war. Wer hier hineingestoßen wurde, der hatte Mühe, lebend wieder herauszukommen. Obwohl«, fügte er hinzu, »Ihr Bruder hat sich lange gewehrt, und wir mussten ihm, der völlig überrascht war, so schnell wie möglich das Maul stopfen. Entschuldigen Sie diesen Ausdruck, aber er rief um Hilfe und kam ständig wieder nach oben und riss mich zuletzt an den Haaren mit in die Tiefe, und zum Glück hatten wir dieses Bleirohr zur Hand, das man mir zuwarf, so dass ich ihm zu guter Letzt den Schädel einschlagen konnte.«

»Und dann habt ihr ihn verscharrt.«

»Ja.«

»Obwohl er noch lebte.«

»Das konnte niemand wissen.«

»Er ist beim Versuch, sich zu befreien, erstickt.«

»So«, sagte der alte Mann und stieg über den Rand des Trichters hinweg.

Das Gefälle war immer noch groß, so dass er, es ging nur Schritt für Schritt, Mühe hatte, die Mitte zu erreichen, und unten angekommen, versuchte er mir zu erklären, um wie viel tiefer dies alles vor sechzig Jahren gewesen sei.

Ich hatte nur noch eine Frage.

»Warum habt ihr ihn umgebracht?« Und: »Wer kam auf den Gedanken, ihm den Anzug auszuziehen?«

»Der Anzug war neu«, sagte der andere.
»Und was für eine Farbe hatte er?«
»Blau.«

5

Es gab keinen Zweifel: Jener dort unten, der sich die Hosenbeine, die voller Sand waren, abzuklopfen begann, der versuchte, sich in der überwucherten Enge zu orientieren, jener, der sich auf einem Krückstock abstützte, weil er gezwungen war, seine linke Hüfte zu schonen, und der zuletzt in der Mitte des Erdlochs ratlos und mit einer Geste des Bedauerns einfach nur dastand und zu mir hinaufsah, war der Mörder meines Bruders.

Zunächst gelang es mir nicht, nach meinem Handy zu greifen, um die Polizei zu benachrichtigen. Dabei wäre es ein Leichtes gewesen, diesen da, dem ich körperlich überlegen war, daran zu hindern, vor dem Eintreffen eines Streifenwagens den Bombentrichter zu verlassen. Aber mir war speiübel, und so wandte ich mich ab, stolperte quer durch eine Kiefernschonung, und wie ich zuletzt zu meinem Wagen, der in der Johannisthaler Chaussee geparkt war, gelangte, wusste ich nicht zu sagen. Endlich zog ich mein Handy hervor, um zu tun, wozu ich verpflichtet war. Aber kaum hatte ich den Notruf gewählt, klappte ich das Handy wieder zu.

›Er ist längst auf dem Weg zur nächsten S-Bahn-Station‹, dachte ich, sah, wie heftig der Wind die Baumkronen schüttelte, und hoffte, dass wieder ein starker Regen einsetzen würde, so dass jener dort, ›wenigstens das‹, dachte ich, gezwungen sein würde, über den morastigen Sand und die Wasserlachen hinwegzusteigen.

Ich sah ihn deutlich vor mir. Er war keinen ein Meter sechzig groß, wirkte etwas füllig, sein Gesicht war glatt, das Haar schneeweiß vor Alter, und er hatte gutmütige Augen. Die Hose, die er trug, wirkte irgendwie zu weit, die dunkelrote Weste unter dem Jackett hatte Fäden gezogen, und dem Krückstock, da war ich sicher, fehlte am unteren Ende der Gummipfropfen. Den Mörder hätte ich jetzt beschreiben können, aber meinen Bruder …

›Ich wüsste kaum noch zu sagen, wie er aussah‹, dachte ich und beschloss, sowie ich in meine Wohnung zurückgekehrt sein würde, nach dem Foto, das ich von ihm hatte, zu suchen.

Eine Stunde lang stöberte ich in den Schubladen meines Schreibtischs, wo ich alle wichtigen Papiere und Urkunden aufbewahrt hatte. Ich war sicher, hier auch die letzte Aufnahme, die mein Bruder von sich hatte machen lassen, zu finden, aber wie lange ich auch danach suchte, die Mühe war umsonst, und zuletzt saß ich neben einem Haufen loser Blätter und hatte ein schlechtes Gewissen.

›Wie komme ich dazu‹, dachte ich, ›so etwas für so lange Zeit und bis zur Unauffindbarkeit zu vergraben!‹

Denn schließlich war mein Bruder auch sonst nirgendwo mehr aufzufinden, weder in der Königsheide noch auf dem Friedhof, der den Stadtforst nördlich der Südostallee eingrenzt. Dort hatte man die Gräber und damit jede Gelegenheit, sich zu erinnern, eingeebnet, so dass selbst der Mörder, der spät, ja allzu spät aufgetaucht war, kaum noch ein Interesse an seiner Reue geltend machen konnte.

›Und wenn ihm wirklich daran gelegen ist‹, dachte ich, ›müsste er sich beeilen. Denn auch er kann, sosehr er sich auch bemüht, die Anzeichen seiner Hinfälligkeit nicht verbergen.‹

6

Am nächsten Morgen bekam ich wieder einen Brief.

»Sehr geehrter Herr«, war da zu lesen, »ich bedaure, dass Sie mich ohne ein Wort der Erklärung allein gelassen haben. Ich hatte gehofft, dass Sie, nachdem ich Ihnen den Beweis, den Sie forderten, geliefert habe, dass Sie nun, und es wäre nur recht und billig gewesen, die nötigen Konsequenzen ziehen. Stattdessen musste ich, und bei diesem Regen, zweieinhalb Kilometer bis zum nächsten Briefkasten laufen, um Ihnen eine neue Nachricht zukommen zu lassen. Ich will mich nicht beschweren, aber ich habe nicht mehr die Kraft, dergleichen, Gott sei Dank habe ich einen Koffer, um die Kleider zu wechseln, beliebig oft zu wiederholen.« Es folgte das Wort »Sorry« und die Bitte, mich möglichst bald wieder treffen zu dürfen. »Dann werde ich Ihnen«, schrieb er, »falls dies nötig sein sollte, die Dringlichkeit meines Wunsches nochmals erklären.«

Ich war empört, zerriss den Bogen Papier, der keinerlei Spuren von Nässe aufwies, aber schon in der darauffolgenden Nacht, als ich wach im Bett lag, wurde mir klar, dass sich die Sache so rasch, wie ich es wünschte, nicht erledigen ließ. Es begann damit, dass ich mir Gedanken darüber machte, wo sich der alte Mann, der, wie er schrieb, immer noch seinen Koffer bei sich hatte, die ganze Zeit über aufhielt.

›Vielleicht sitzt er in einem Café, um sich aufzuwärmen‹, dachte ich. ›Und selbst wenn ich mich entschließen würde, seine Bitte doch noch zu erfüllen, ich wüsste nicht, wo ich hinfahren sollte, da er keinen Ort genannt hat, an dem wir uns hätten treffen können.‹

Zwei Tage später gab ich der Versuchung nach, wieder über die Stadtautobahn in Richtung Späthstraße zu fahren. Man kennt solche Stimmungen, die man nicht loswerden kann und die einen, obwohl man sich dagegen wehrt, in gewisse Gewohnheiten treiben, und so bog ich in den Königsheideweg ein.

Ein kurzer Blick auf das Restaurant. Es war geschlossen. Ich passierte die Kolonie Blumenhain, auch dort war niemand unterwegs. Also fuhr ich weiter, bis ich das Postamt jenseits des Sterndamms vor Augen hatte, und als ich, diesmal über Baumschulenweg, zur Stadtautobahn zurückkehren wollte, kam ich an dem Krematorium und dem Friedhof vorbei, den ich seit Jahrzehnten gemieden hatte, weil es für mich keinen Grund mehr gab, hier zu verweilen. Aber da war, wie gesagt, der Stadtforst in unmittelbarer Nähe, und die Straße, die am Wasserwerk vorbei zu den Bombentrichtern führte, nahm hier ihren Anfang, und so fühlte ich mich irgendwie genötigt, in ebendiese Straße, obwohl es verboten war, einzubiegen, und nachdem ich die Weggabelung samt Trampelpfad hinter mir hatte, erreichte ich, es war wie ein magischer Kreis, die Johannisthaler Chaussee.

Hier schien es mir selbstverständlich, da ich nun einmal in der Nähe war, auch einen Blick auf die Laube der Parzelle 53 zu werfen. Vorher wollte ich mich vergewissern, ob es noch jenseits der Brücke, die nach Neukölln führte, jenen schmalen Kanal gab, in dem ich mit meinem Bruder in den Sommermonaten gebadet hatte. Ich fand ihn wieder, auch jene Stelle, wo man das Ufer gefahrlos betreten konnte. Und wie hatte ich ihn, den Älteren, bewundert, wenn er mir regelmäßig davonschwamm oder in hohem Bogen und über eine Barriere hinweg ins Wasser sprang! Aber das allzu genaue Erinnern war mir unangenehm.

›Es hat schon seinen Grund, warum man alles

vergisst‹, dachte ich, ärgerte mich, dass ich es trotzdem nicht unterließ, auf dem Rückweg an der Kolonie Frohsinn vorbeizugehen. Diesmal brannte in der Laube, die ich im Blick hatte, Licht. Die Gartentür stand wie immer offen. Ich zögerte, betrat aber doch den Kiesweg, und als ich am Fenster war und durch die Gardinen ins Innere sah, traute ich meinen Augen nicht.

Da stand der alte Mann vor einem Tisch und kramte in seinem aufgeklappten Koffer, sortierte mit ruhigen Bewegungen irgendwelche Kleidungsstücke, zog zuletzt ein Paar Strümpfe hervor, setzte sich auf einen Stuhl, wohl in der Absicht, sich die Schuhe auszuziehen.

»Was machen Sie hier!«, rief ich, nachdem ich die Tür zur Veranda aufgerissen hatte. »Sie haben kein Recht, in fremder Leute Wohnung einzudringen«, und als ich die zweite Tür, die angelehnt war und die ins Zimmer führte, aufstieß, erhob sich der andere und ließ die Strümpfe fallen.

Ich sah, dass er barfuß war und fror, und dies war es wohl, was mich davon abhielt, ihn zur Rede zu stellen.

»Verzeihung«, murmelte ich stattdessen, schloss die Tür, um den kalten Luftzug, der entstanden war, zu unterbrechen, und trat wieder ins Freie hinaus.

Ich wartete, sah jetzt erst, dass das Gelände ringsherum in einem verwahrlosten Zustand war. Überall lagen Pflanzenreste und Wasserschläuche herum. Auch das Gebäude selbst wirkte renovierungsbedürftig. Das Holz an den Wänden war brüchig, dem Vordach der Veranda fehlte die Dachpappe, es begann zu faulen. Kein Zweifel, die Laube war, wie in früheren Zeiten, immer noch nicht winterfest und wurde von den Besitzern offenbar nur in den Sommermonaten genutzt. Das beruhigte mich.

›Also wird uns niemand überraschen‹, dachte ich.

Von drinnen hörte man Geräusche, offenbar wurden Möbel verrückt, zuletzt öffnete sich die Zimmertür, und nun verließ auch der alte Mann die Laube. Er hatte sich umgezogen, trug einen hellen, etwas zerknitterten Anzug, darüber einen Wollmantel. Er hatte die Schuhe gewechselt, die frisch geputzt wirkten, hatte sich offenbar rasiert, und er hielt den Koffer in der Hand, dazu den Krückstock, den er nicht benutzte.

»Setzen wir uns«, sagte er und wies auf die Bank unter dem Vordach der Veranda.

Ich folgte seiner Aufforderung, bemerkte noch, dass ein Stück der rechten Kante, auf der ich Platz nahm, abgebrochen war, dann begann der andere, nachdem er den Koffer abgestellt hatte, zu reden.

Er müsse sich, sagte er, obwohl die augenblicklichen Umstände dagegen sprächen, keineswegs schämen. Er sei ein erfolgreicher Geschäftsmann, eigentlich ein Fabrikant. Er stelle Umwicklungen für Elektrokabel her und könne sagen, dass er mit dieser Tätigkeit zu einigem Wohlstand gelangt sei. Er habe ein eigenes Haus inmitten einer kleinen Parkanlage, und er könne seiner Frau, den erwachsenen Söhnen, der Tochter und den vier Enkelkindern immer noch einiges bieten.

»Die ersten Jahre«, fügte er hinzu, »waren nicht leicht, und es machte mir, nachdem ich das Flüchtlingslager in Neukölln verlassen hatte, einige Mühe, in Montreal Fuß zu fassen. Aber wenn man tüchtig ist und sich einiges abverlangt, dann kommt einem der Erfolg, wie man so sagt, entgegen. Und natürlich hatte ich Glück mit meiner Frau, die mir ohne Wenn und Aber den Rücken gestärkt hat, und wenn die Familie erst einmal wächst und gedeiht, weiß man schließlich, dass sich alles, was man jahrzehntelang angepackt hat, am Ende des Lebens irgendwie auszahlt.«

Er sprach noch über dieses und jenes, etwa, dass er die Familie Hals über Kopf und ohne zu erklären, warum, verlassen habe und dass es ihm bisher nicht möglich gewesen sei, sich, und sei es auch nur telefonisch, wieder zu melden.

»Was hätte ich ihnen sagen sollen. Dass ich ein

Mörder bin?«, murmelte er, und nun sah er, als hätte er bemerkt, dass er zu redselig gewesen war, vor sich hin und malte mit der Spitze seines Krückstocks kleine Kreise in den Sand, der sich auf dem Zementboden angesammelt hatte.

»Gehen Sie zur Polizei«, sagte ich.

Der alte Mann lächelte. Er wies darauf hin, dass ihm mit einer Verurteilung, gesetzt den Fall, die Sache wäre nicht verjährt, keineswegs geholfen sei.

»Auch Ihrem Bruder nicht«, fügte er hinzu. »Auge um Auge, Zahn um Zahn. Ich war es schließlich, der ihn erschlagen hat, und glauben Sie mir, es war überaus schwierig, Ihre Adresse herauszufinden. Aber nun bin ich hier, und wir sitzen einander gegenüber, und vielleicht gelingt es Ihnen jetzt, in diesem Garten und eine Veranda im Rücken, das zu tun, was Ihnen im Bombentrichter offenbar nicht möglich war. Sie allein sind verpflichtet, verzeihen Sie mir, dass ich Ihnen dies in aller Offenheit sage, den Mord an Ihrem Bruder zu sühnen.«

7

Den Mord an meinem Bruder zu sühnen?

›Ja, will er auch mich zum Mörder machen! Glaubt er tatsächlich, ich wäre in der Lage, zum nächstbesten Holzknüppel zu greifen, um ihn zu erschlagen!‹, dachte ich und staunte, dass jemand, dem es gelungen war, seine Schuld ein Leben lang zu verbergen, dass ein Mörder, der in Ehren grau geworden war, plötzlich nicht mehr in der Lage sein sollte, es dabei zu belassen.

Ich selbst hatte weder die Zeit noch die Kraft, mich mit einem Geschehen, das sechs Jahrzehnte zurücklag, ernsthaft zu beschäftigen. Damals, ja damals hatten alle gehofft, man würde die Mörder so rasch wie möglich finden, aber jetzt beschloss ich, an der Sache nicht mehr zu rühren, in der Hoffnung, der andere würde, da ihm nichts weiter übrigblieb, zu seiner Familie zurückkehren. Ich vermied es, in den Briefkasten zu sehen, bemerkte aber sehr wohl, dass dort nicht nur die übliche Post lag.

›Falls er mir wieder etwas geschickt hat‹, dachte ich, ›ist er immer noch nicht abgereist.‹

Ich öffnete den Briefkasten, fand tatsächlich ein graugrünes Kuvert vor. Diesmal waren es nur wenige Zeilen. »Helfen Sie mir. Ich habe Angst«, las ich und: »Es ist mir nicht möglich, ohne Sühne zu sterben.«

›Gut‹, dachte ich und spürte, dass der letzte Rest meiner Geduld aufgebraucht war.

Ich ging in den Keller, kramte in einer Kiste und zog einen Strick hervor. Ich prüfte, ob er lang genug war. Er war aus unverwüstlichem Nylon. Ich verstaute ihn in einer Plastiktüte, und am späten Nachmittag desselben Tages war ich wieder im Berliner Südosten unterwegs. Es hatte den ersten Frost gegeben, so dass man aufpassen musste, auf den gefrorenen Wasserlachen nicht auszurutschen. Ich war ohne Mantel, hatte die leuchtfarbene Unfalljacke aus dem Kofferraum gezogen, aber mit der Zeit wurde mir warm, da ich gezwungen war, zwischen der Laubenkolonie und dem Wald hin- und herzugehen. Zunächst hatte ich geglaubt, der Unbekannte wäre wieder in der Laube. Aber da war niemand, nur die angelehnte Tür zur Veranda erinnerte mich daran, dass dies vor kurzem anders gewesen war. Ich ging zur Kolonie Blumenhain zurück, zögerte, über die löchrige Straße hinweg den Wald zu betreten. Es schien mir aussichtslos, inmitten dieser weitläufigen Unübersichtlichkeit nach jemandem zu suchen, der offenbar darauf aus war, mit meiner Hilfe zu sterben.

›Er kann nur‹, dachte ich, ›entweder in der Laube oder in der Nähe des Bombentrichters sein.‹

Aber nun sah ich schon, ich war auf der Straße in Richtung Wasserwerk, etwas auf dem gefrorenen Sand liegen. Es war der Krückstock, den der alte Mann, davon hatte ich mich überzeugt, immer bei sich trug. Ich sah mich um.

»Hier haben Sie, was Sie brauchen, falls Sie den Mord an meinem Bruder unbedingt sühnen wollen!«, rief ich und zog den Strick aus der Plastiktüte. »Aber denken Sie nicht, dass ich Ihnen dabei behilflich sein werde«, fügte ich hinzu.

Und nun geschah, womit ich gerechnet hatte: Der alte Mann verließ das Unterholz und trat auf die Straße hinaus. Er ging mit unsicheren Schritten auf mich zu, bückte sich nach dem Krückstock.

»Ich danke Ihnen«, sagte er, und als ich ihm den Strick hinhielt und fragte: »Kommen Sie allein zurecht«, sagte er: »Nein«.

»Dann«, antwortete ich, »bringe ich Sie jetzt zum Flughafen.«

8

Keine halbe Stunde später saß der alte Mann in dem Restaurant an der Johannisthaler Chaussee. Ich hatte ihn gedrängt, etwas Warmes zu essen. Ich selbst ging währenddessen auf dem Bürgersteig auf und ab, ließ seinen Koffer, den er am Eingang abgestellt hatte, nicht aus den Augen, und als er endlich, nachdem er gezahlt und noch ein Bier getrunken hatte, die wenigen Stufen, die ins Freie führten, hinabstieg, nahm ich den Koffer auf und ging damit zum Wagen, dessen Beifahrertür geöffnet war.

Ich schob den Koffer auf den Sitz, bat den anderen, im Fond Platz zu nehmen. Ich half ihm nicht, sah zu, wie er Mühe hatte, der Krückstock war ihm im Weg, ins Innere des Wagens zu gelangen, dann startete ich, kaum dass er saß, den Motor und fuhr in den Königsheideweg.

Ich sah sein Gesicht im Rückspiegel und versicherte ihm, dass wir in einer halben Stunde in Tegel sein würden.

Er bedankte sich.

Wie er denn jetzt, und ohne Reservierung, nach Montreal kommen könne, wollte ich wissen.

»Über Frankfurt am Main. Aber darüber sollten Sie sich keine Gedanken machen«, sagte der alte Mann, öffnete eine Schachtel und schob sich eine Tablette in den Mund, die er, mit einer Miene, als würde sie ihm nicht bekommen, zerbiss.

Er sah unglücklich aus, fragte, ob es möglich sei, noch einmal nach Neukölln zu fahren.

»Aber ja doch«, sagte ich und lenkte den Wagen, statt nach links abzubiegen, ich hatte schon die Auffahrt zur Autobahn erreicht, geradeaus weiter bis zur Buschkrugallee.

Er sah hinaus, versuchte sich zu orientieren, bat mich, in den Britzer Damm einzubiegen, und kurz vor der S-Bahn-Station Hermannstraße zeigte er plötzlich nach rechts und sagte:

»Hier waren wir untergebracht. Es waren drei, vier Baracken. Und hier haben wir mit Ihrem Bruder Karten gespielt.«

Ich hielt den Wagen an, er stieg aus, und nun ging er, während ich mit laufendem Motor am Straßenrand wartete, ein paar Schritte auf ein Hochhaus zu, blieb, wo früher offenbar auf freiem Feld ein Barackenlager für Flüchtlinge gewesen war, mit einem Ausdruck von Ratlosigkeit stehen.

»Vielleicht habe ich mich geirrt«, sagte er, nachdem er wieder eingestiegen war. »Aber so viel ist sicher: Hier oder anderswo haben wir uns gestritten, und von hier aus, es waren immerhin sechs Kilometer, sind wir gemeinsam zur Tanzveranstaltung gegangen. Und am nächsten Morgen«, fügte er hinzu, »bin ich, leichtsinnig genug, mit einem Fahrrad nochmals zum Bombentrichter gefahren.«

»Verstehe«, sagte ich, und mir fiel ein, dass die Mörder damals tatsächlich Reifenspuren am Tatort zurückgelassen hatten.

Aber ich musste mich konzentrieren, denn nun fuhr ich kreuz und quer durch einige Nebenstraßen, verirrte mich, in dem Bemühen, über die Oberlandstraße zur Tempelhofer Autobahn, die nach Tegel führte, zurückzufinden, während mein Fahrgast auf dem Rücksitz über Details seiner Flucht nach dem Mord zu reden begann.

Er habe, versicherte er, immer damit gerechnet, entdeckt zu werden, habe das Fahrrad, mit dem man ihn hätte überführen können, verkauft und habe dann lange, ja allzu lange auf das Visum nach Kanada warten müssen.

Als wir die Autobahn erreicht hatten, war die Sicht wieder frei. Man sah den Horizont und, als wäre da noch ein Rest von Sonne, ein seltsames Spiel unterschiedlicher Farben. Unten, über der Silhouette der Stadt, war alles dunkelgrau, darüber eine Schicht, die blau aufleuchtete, und wieder darüber ein strahlendes Rosa, das sich in der Dunkelheit des Himmels verlor.

»Sehen Sie«, sagte ich und deutete mit der Hand durch die Windschutzscheibe, »wie ungewöhnlich die Stadt um diese Jahreszeit ist«, bemerkte aber, dass der andere mit den Gedanken woanders war.

»Denken Sie an Ihre Familie?«, fragte ich.

Ich bekam keine Antwort.

»Gibt es jemanden, auf den Sie sich besonders freuen, wenn Sie wieder in Kanada sind?«

Der andere beugte sich nach vorn, als wollte er mir etwas anvertrauen. Aber im selben Augenblick erreichten wir eine Autobahnzufahrt, und ich war, weil ich immer wieder auf den Horizont sah oder im Rückspiegel den alten Mann im Blick hatte, unaufmerksam genug, einen einbiegenden Sattelschlepper zu übersehen, und nun bog ich, um einen Zusammenstoß zu vermeiden, nach links aus, streifte die mittlere Leitplanke, und es dauerte einige Sekunden, bis ich den schleudernden Wagen im Griff hatte.

»O Gott«, hörte ich noch, dann, nachdem alles überstanden war und die Fahrt in ruhigem Tempo weiterging, sah ich, dass der alte Mann in sich zusammengesunken war.

Er war aschfahl im Gesicht, rang nach Atem, hatte offenbar nicht damit gerechnet, dass ihm jetzt, und völlig unvorbereitet, ebendas, was er sich gewünscht hatte, passieren würde. Was hatte er mir doch geschrieben?

»Helfen Sie mir. Ich habe Angst.« Und: »Es ist mir nicht möglich, ohne Sühne zu sterben.«

Hartmut Lange im Diogenes Verlag

Die Waldsteinsonate

Fünf Novellen

Novellen, die vom Zustand jener Unglücklichen erzählen, denen das Bewußtsein ein besonderes Verhängnis war. Novellen über Friedrich Nietzsche, die Goebbels-Kinder, Heinrich von Kleist und Henriette Vogel, den Nihilisten Alfred Seidel und über eine Jüdin und einen SS-Mann, ihren Mörder.

Die Selbstverbrennung

Roman

Die Nachricht von der unfaßlichen Tat eines Pfarrers, der sich während eines Gottesdienstes selbst verbrannt hat, zieht die beiden Hauptpersonen des Romans auf unterschiedliche Weise in ihren Bann. Sempert, der in einem kleinen Dorf an der Elbe Ruhe sucht, um ein Traktat zu schreiben, und Koldehoff, der Pfarrer dieser Gemeinde, der mit dem Gedanken kokettiert, es dem Unglücklichen gleichzutun. Daß Koldehoffs Tochter und Sempert sich ineinander verlieben, bestärkt diesen noch in seiner kritischer werdenden Haltung gegenüber dem lebensfeindlichen Vernunftsdenken... bis ein anderes Ereignis Sempert und Pfarrer Koldehoff wieder auf ganz verschiedene Weise betrifft und betroffen macht.

Das Konzert

Novelle

»Im Salon der Frau Altenschul treffen sich seltsame Gäste: Es ist die jüdische Crème Berlins – und sie sind ausnahmslos tot, von den Nazis umgebracht. Ihre postumen Zusammenkünfte dienen dazu, inmitten schöner Dinge diesen gewaltsamen Tod, das häßliche Ende im Massengrab zu vergessen. Doch auch die Mörder zieht es dahin; draußen vor der Tür warten sie auf Sühne. Ein rührender Gedanke, um so mehr, als Erlösung für beide von der Musik kommen soll: Der junge Pianist Lewanski ist dazu ausersehen. Ein erstaunliches philosophisches Märchen, eine Kunst-Parabel um Schuld, Sühne und deren beider Überwindung: ein kleiner großer Wurf.« *Badische Zeitung, Freiburg*

Tagebuch eines Melancholikers

Aufzeichnungen der Monate
Dezember 1981 bis November 1982

»In diesen Aufzeichnungen von 1981/82 präsentiert sich Hartmut Lange als ein nachdenklich betrübter Deutscher, der im Blick auf Nietzsche, Schopenhauer, auf Alteuropas Bildungswelt die heutige karge Szenerie des ›Geisteslebens‹ besieht. Ein Mann denkt über deutsche Krisen heute nach. Sehr verhalten besonnen, ein Melancholiker mit Maß.«
Friedrich Heer / Die Furche, Wien

Die Ermüdung

Novelle

Alles fängt mit dem rätselhaften Tod seines Freundes Achternach an. Merten beschließt, dessen Witwe Gerda und ihren alten Vater in Berlin aufzusuchen. Das Wiedersehen weckt Erinnerungen: Gerda ist seine alte Jugendliebe. Merten bemüht sich zwar, die Witwe von ihrer Trauer abzulenken, doch insgeheim möchte er nur eines – seine Gerda wieder für sich gewinnen. Doch sie hält ihn mit ihrem seltsamen Verhalten auf Distanz. Sonderbare Dinge spielen sich ab. Gerda führt Selbstgespräche und entwickelt wahnhafte Ideen. Merten spürt, wie die bedrückende Atmosphäre des Hauses ihn langsam umschlingt. Rechtzeitig gelingt ihm der Absprung.

Vom Werden der Vernunft

und andere Stücke fürs Theater

Die Dramen dokumentieren einen doppelten Abschied: Ausgehend vom Hegelschen Rationalismus und Karl Marx' Sozialutopie, enden sie in der Melancholie über das Verschwinden jeder Vernunft und beschwören die Erinnerung an jene Gesellschaft, deren erklärter Gegner Lange war: an den märkischen Adel und an das Spätbürgertum.

»Lange ist fähig, Gedanken zu kritisieren, ohne dabei den Menschen, der sie äußert, zu verurteilen – es ist die kostbare Fähigkeit der Komödienschreiber.«
Georg Hensel / Frankfurter Allgemeine Zeitung

Die Stechpalme

Novelle

Manfred Eichbaum, Verleger von Kunst- und Fotobänden, erhält anonyme Briefe. Der Verfasser kennt sich sehr gut aus in Eichbaums Leben, privat wie beruflich. Eichbaum, der seit fast einem Jahr an einem gebrochenen Schienbein laboriert, wird zunehmend verunsichert. Wer steckt hinter diesen Briefen?

»In unserer Literatur spielt auf dem Instrument der Novellenkunst heute keiner so meisterlich wie Hartmut Lange.«
Walter Hinck / Frankfurter Allgemeine Zeitung

Schnitzlers Würgeengel

Vier Novellen

Vier Novellen von sprachlicher Eindringlichkeit und Dichte: Herr Semmering · Schnitzlers Würgeengel · Die Mauer im Hof · Der Himmel über Golgatha. Verbunden sind diese Novellen durch ein ihnen voranstehendes Motto Martin Heideggers: »In der Unheimlichkeit steht das Dasein ursprünglich mit sich selbst zusammen.«

»Allen Erzählungen gemeinsam ist die Sympathie, mit der Lange seine Figuren schildert: diejenigen, die aus der Normalität des Lebens fliehen wollen, die sensibel für das Über-Wirkliche sind, denen Unheimlichkeit keine Angst, sondern Hoffnung bedeutet.«
Jürgen Röhling / Hannoversche Allgemeine Zeitung

Der Herr im Café

Drei Erzählungen

Ein Schriftsteller, eine Schauspielerin und eine Sängerin sind die Hauptfiguren dieser drei Erzählungen, in denen Lange sich wie in allen seinen Texten einen Schritt außerhalb des gewohnten Raumes und der gewohnten Zeit bewegt – jenen Schritt außerhalb, der ihn zum hellwachen Beobachter des Alltäglichen wie des Geheimnisvollen macht.

»Die Erinnerung an das verblichene Genre der Künstlernovelle spukt durch die drei neuen Erzählungen von Hartmut Lange, deren Reiz darin liegt, daß sie den Anschein erwecken, sich nostalgisch dieser Erinnerung hinzugeben, während sie versteckt mit ihr spielen.«
Lothar Baier / Süddeutsche Zeitung, München

Eine andere Form des Glücks

Novelle

»Die Wahrheit liegt im Verschwinden« – ein verwirrender Satz, der sich wie ein roter Faden durch das Buch zieht und manches Rätsel aufgibt. So wie das Leben der Corinna Mühlbauer, der Freundin des renommierten Berliner Statikers Kippenberger. Immer wieder entzieht sie sich auf eigenartige Weise ihren Mitmenschen. Die Irritation, die sie verursacht, ist so stark wie die Anziehung, die sie ausübt. Was für eine Form des Lebens führt sie, welches besondere Glück ist ihr beschieden?

»Schon mit den ersten Zeilen zieht Lange den Leser in den Strudel der Ereignisse hinein. Die Spannung ist mit der in Hitchcock-Filmen vergleichbar. Meisterhaft erzählt.«
Thomas Schmitz-Albohn / Gießener Anzeiger

Die Bildungsreise

Novelle

Müller-Lengsfeldt, Kunsterzieher aus Berlin, möchte im Dunstkreis von Johann Joachim Winckelmann das Alte Rom entdecken. Doch unbegreifliche Ereignisse stören den reinen Kunstgenuß. Und das Vorbild selbst, Winckelmann, entpuppt sich als widerspruchsvolle Gestalt mit einem rätselhaften Doppelleben. Was als beschauliche Bildungsreise begann, entwickelt zunehmend die Qualität eines metaphysischen Thrillers.

»Vielleicht ist das auch der Zauber von Langes Büchern: daß der Leser sanft hineingezogen wird in die Psyche anderer Menschen und sich gerade dort, im Fremden, unversehens mit sich selbst konfrontiert sieht.«
Susanne Schaber / Österreichischer Rundfunk, Wien

Das Streichquartett

Novelle

Eigentlich ist Schönbergs 4. Streichquartett Opus 37, das Berghoff unermüdlich übt, nicht gerade geeignet, seinen ohnehin angespannten Geisteszustand zu beruhigen. Ebensowenig wie die Tatsache, daß seine Frau Elisabeth mit den Töchtern zu einer Erholungsreise aufgebrochen ist, die kein Ende nehmen will. Als dann plötzlich – Traum eines jeden Geigers – eine wertvolle Mittenwalder Geige in seiner verlassenen Wohnung steht, nimmt ein Alptraum seinen Lauf.

»Mit staunenswertem Sinn für Spannung und kleinsten Andeutungen läßt Hartmut Lange den Leser dieses Rätselstücks im ungewissen und spielt raffiniert mit merkwürdigen Wendungen und der Erzählperspektive.« *Der Spiegel, Hamburg*

»Ein packend konstruierter Thriller, in dem die Macht der Musik im Mittelpunkt steht.«
Buch aktuell, Dortmund

Irrtum als Erkenntnis

Meine Realitätserfahrung
als Schriftsteller

Irrtum als Erkenntnis – eine intellektuelle Autobiographie, die sich mit den prägenden Ideologien und Glaubensfragen des 20. Jahrhunderts auseinandersetzt. Teil I beschreibt den Bildungsweg eines Außenseiters in der DDR, Teil II versammelt Essays und Aphorismen von kristalliner Schönheit und Gedankenschärfe. Teil III umfaßt drei Vorträge, die im wesentlichen um Sinn und Aufgabe von Kunst und Wissenschaft heute kreisen.

»Wenn Vollendung nicht mehr von der Geschichte zu erwarten ist, rettet sie sich in die Kunst. Darum sucht Hartmut Lange vollendete Sätze und Texte zu schreiben: jeder Satz schlicht und präzis, konzentriert aufs Nötigste, mit Meisterschaft des Weglassens, von äußerster Intensität und wie eingebrannt in seinen Kontext.«
Odo Marquard/Frankfurter Allgemeine Zeitung

»Literatur gegen den Lärm des Zeitgeistes.«
Hans Jansen/Westdeutsche Allgemeine Zeitung, Essen

Gesammelte Novellen

in zwei Bänden

»Es bedarf in allen Novellen Hartmut Langes nur einer kleinen, unerhörten Begebenheit, und die sorgfältig berechnete Statik des engen bürgerlichen Lebens gerät aus dem Lot. Lange liefert ein Höchstmaß an literari-

schem Realismus und durchsetzt ihn mit rätselhaften Ereignissen, die wie kleine Drehungen an der Schraube dafür sorgen, daß seine Geschichten eine Spur gegen die Wirklichkeit versetzt werden.«
Elmar Krekeler / Die Welt, Berlin

»Einer der erstaunlichsten deutschen Schriftsteller.«
Andreas Nentwich / Die Zeit, Hamburg

Leptis Magna

Zwei Novellen

Zwei meisterhafte Novellen über Krisen und Lebenslügen, über die Balance zwischen Bodenhaftung und Selbstverlust, über Bindungsängste und den Sog der Selbstauflösung. Novellen von irritierender Schönheit und von geradezu metaphysischer Transparenz.

»*Leptis Magna* ist ein verschwörerisches Buch. Eines, das von Revolten berichtet, vom Aufstand – gegen sich selbst. Die Kippunkte, denen Hartmut Langes Novellen durch dramaturgische Steigerung zustürzen, verursachen ein Hochdruck-Leseerlebnis. Ein meisterliches Buch.« *Silvia Hess / Buchkultur, Wien*

Der Wanderer

Novelle

Es ist mehr als nur eine Schaffenskrise, was den erfolgreichen Schriftsteller Matthias Bamberg aus dem Berliner Alltag in die verwirrende Welt Kapstadts aufbrechen läßt. *Der Wanderer* ist die Geschichte einer Verstörung, in der sich die Realität zu verflüchtigen und die Welt der Erscheinungen zur Substanz zu verdichten beginnt – vom Autor in kunstvoll schwebender Balance gehalten.

»Glänzender Stilist, der er ist, hat Hartmut Lange ein kleines Meisterwerk über die Unsicherheit des Menschen geschrieben, dessen Not, heimatlos zu sein, zu-

gleich sein unschätzbarer Reichtum ist: Alles ist möglich, eben auch die Unmöglichkeit.«
Lothar Schmidt-Mühlisch / General-Anzeiger, Bonn

Der Therapeut

Drei Novellen

Berliner Seen, verschwiegene Gewässer mit ungeahntem Sog: der ideale Ort, um zu verschwinden – oder jemanden verschwinden zu lassen. Ihr Gegenstück, die ausgeleuchtete Öffentlichkeit: eine Theaterbühne als Ort für einen kunstvoll inszenierten Abgang.

»In Hartmut Langes Werk wird der Leser von der Ahnung gestreift, wie fragil unsere Lebenskonstruktionen sind und wie millimetergenau wir uns in der Spur des Normalen bewegen müssen, um nicht in den Sog der Abgründe um uns herum zu geraten.«
Monika Maron / Süddeutsche Zeitung, München

Hans Werner Kettenbach im Diogenes Verlag

»Schon lange hat niemand mehr – zumindest in der deutschen Literatur – so erbarmungslos und so unterhaltsam zugleich den Zustand unserer Welt beschrieben.« *Die Zeit, Hamburg*

»Hans Werner Kettenbach erzählt in einer eigenartigen Mischung von Zartheit, Humor und Melancholie, aber immer auf erregende Art glaubwürdig.« *Neue Zürcher Zeitung*

»Dieses Nie-zuviel-an-Wörtern, diese unglaubliche Leichtigkeit und Selbstverständlichkeit... ja, das ist in der zeitgenössischen Literatur einzigartig!« *Visa Magazin, Wien*

»Ein beweglicher ›Weiterschreiber‹ nicht nur der Nachkriegsgeschichte, sondern der Geschichte der Bundesrepublik ist Hans Werner Kettenbach. Seine Romane aus dem bundesrepublikanischen Tiergarten sind viel unterhaltsamer und spitzer als alle Weiterschreibungen Bölls.« *Kommune, Frankfurt*

Minnie oder Ein Fall von Geringfügigkeit
Roman

Hinter dem Horizont
Eine New Yorker Liebesgeschichte

Sterbetage
Roman

Schmatz oder Die Sackgasse
Roman

Davids Rache
Roman

Die Schatzgräber
Roman

Grand mit vieren
Roman

Glatteis
Roman

Die Konkurrentin
Roman

Kleinstadtaffäre
Roman

Zu Gast bei Dr. Buzzard
Roman

Das starke Geschlecht
Roman

Bernhard Schlink im Diogenes Verlag

»Schwungvoll geschriebene, raffiniert gebaute Romane, in denen die politische Aktualität und die deutsche Vergangenheit präsent sind.«
Dorothee Nolte / Der Tagesspiegel, Berlin

»Bernhard Schlink gehört zu den Autoren, die sinnlich, intelligent und spannend erzählen können – eine Seltenheit in Deutschland.«
Dietmar Kanthak / General-Anzeiger, Bonn

»Bernhard Schlink gelingt das in der deutschen Literatur seltene Kunststück, so behutsam wie möglich, vor allem ohne moralische Bevormundung des Lesers, zu verfahren und dennoch durch die suggestive Präzision seiner Sprache ein Höchstmaß an Anschaulichkeit zu erreichen.« *Werner Fuld / Focus, München*

Die gordische Schleife
Roman

Selbs Betrug
Roman

Der Vorleser
Roman
Auch als Diogenes Hörbuch erschienen, gelesen von Hans Korte

Liebesfluchten
Geschichten
Die Geschichte *Der Seitensprung* auch als Diogenes Hörbuch erschienen, gelesen von Charles Brauer

Selbs Mord
Roman

Vergewisserungen
Über Politik, Recht, Schreiben und Glauben

Die Heimkehr
Roman
Auch als Diogenes Hörbuch erschienen, gelesen von Hans Korte

Vergangenheitsschuld
Beiträge zu einem deutschen Thema

Das Wochenende
Roman
Auch als Diogenes Hörbuch erschienen, gelesen von Hans Korte

Außerdem erschienen:

Bernhard Schlink & Walter Popp
Selbs Justiz
Roman

Selb-Trilogie
Selbs Justiz · Selbs Betrug · Selbs Mord
Diogenes Hörbuch, 2 CD im MP3-Format, gelesen von Hans Korte

Erich Hackl im Diogenes Verlag

»Seine Fähigkeit, aus den zur Meldung geschrumpften Fakten wieder die Wirklichkeit der Ereignisse zu entwickeln, die Präzision und zurückgehaltene Kraft der Sprache lassen an Kleist denken.«
Süddeutsche Zeitung, München

»Mit seinem nüchternen Stil tritt Hackl an die Stelle des Chronisten: er ermittelt, rekonstruiert, beschreibt. Auf ihn trifft García Márquez' Postulat zu, wonach ein Schriftsteller politisch Stellung beziehen, vor allem aber gut schreiben muß.« *Siempre!, Mexiko-Stadt*

»Er zählt zur aussterbenden Population der Autoren mit Gesinnung. Und doch drängen seine poetisch-stillen und gleichzeitig politisch hochbrisanten Bücher stets zur Spitze der heimischen Bestsellerliste.«
Dagmar Kaindl / News, Wien

»Berichte aus einer nicht abgeschlossenen Vergangenheit: große zeitgenössische Literatur der Ernsthaftigkeit.« *Christian Seiler / profil, Wien*

Auroras Anlaß
Erzählung

Abschied von Sidonie
Erzählung

Materialien zu Abschied von Sidonie
Herausgegeben von Ursula Baumhauer

König Wamba
Ein Märchen. Mit Zeichnungen von Paul Flora

Sara und Simón
Eine endlose Geschichte

In fester Umarmung
Geschichten und Berichte

Entwurf einer Liebe auf den ersten Blick
Erzählung

Die Hochzeit von Auschwitz
Eine Begebenheit

Anprobieren eines Vaters
Geschichten und Erwägungen

Als ob ein Engel
Erzählung nach dem Leben

Sibylle Mulot im Diogenes Verlag

»Willkommen! Eine deutsche Autorin, die über Scherz, Satire, Ironie und Selbstironie verfügt: Qualitäten, die nahezu angelsächsisch anmuten.«
Kyra Stromberg / Süddeutsche Zeitung, München

»Nicht selten hört man die Klage, daß die deutsche Gegenwartsliteratur besonders arm sei an gut geschriebenen und unterhaltsamen Büchern, die gedanklich gleichwohl nicht ›unter Niveau‹ gehen. Wenn dem so sein sollte, dann wäre dies ein Grund mehr, auf Sibylle Mulot aufmerksam zu machen.«
Helmuth Kiesel / Frankfurter Allgemeine Zeitung

»Die Autorin erzählt in einer Sprache, die glänzt und glitzert wie das Meer zur Hochsommerzeit.«
Nicole Hess / Tages-Anzeiger, Zürich

»Mulots Prosa wird von Buch zu Buch immer knapper, dichter und geschliffener.«
Martin Ebel / Neue Zürcher Zeitung

Liebeserklärungen
Roman

Das Horoskop
Erzählung

Die unschuldigen Jahre
Roman

Das ganze Glück
Eine Liebesgeschichte
Mit einem Hafis-Orakel im Anhang

Die Fabrikanten
Roman einer Familie

Die Unwiderstehlichen

Urs Widmer im Diogenes Verlag

»Urs Widmer zählt zu den bekanntesten und renommiertesten deutschsprachigen Gegenwartsautoren.«
Michael Bauer / Focus, München

Vom Fenster meines Hauses aus
Prosa

Schweizer Geschichten

Liebesnacht
Eine Erzählung

Die gestohlene Schöpfung
Ein Märchen

Der Kongreß der Paläolepidopterologen
Roman

Das Paradies des Vergessens
Erzählung

Der blaue Siphon
Erzählung

Liebesbrief für Mary
Erzählung

Die sechste Puppe im Bauch der fünften Puppe im Bauch der vierten
und andere Überlegungen zur Literatur. Grazer Vorlesungen 1991

Im Kongo
Roman

Vor uns die Sintflut
Geschichten

Der Geliebte der Mutter
Roman
Auch als Diogenes Hörbuch erschienen, gelesen von Urs Widmer

Das Geld, die Arbeit, die Angst, das Glück.

Das Buch des Vaters
Roman
Auch als Diogenes Hörbuch erschienen, gelesen von Urs Widmer

Ein Leben als Zwerg

Vom Leben, vom Tod und vom Übrigen auch dies und das
Frankfurter Poetikvorlesungen

Herr Adamson
Roman

Außerdem erschienen:

Shakespeares Königsdramen
Nacherzählt und mit einem Vorwort von Urs Widmer. Mit Zeichnungen von Paul Flora

Valentin Lustigs Pilgerreise
Bericht eines Spaziergangs durch 33 seiner Gemälde. Mit Briefen des Malers an den Verfasser

Das Schreiben ist das Ziel, nicht das Buch
Urs Widmer zum 70. Geburtstag. Herausgegeben von Daniel Keel und Winfried Stephan

Hugo Loetscher im Diogenes Verlag

»Hugo Loetscher ist zweifellos der kosmopolitischste, der weltoffenste Schriftsteller der Schweiz. Es weht ein Duft von Urbanität und weiter Welt in seinen Büchern, die sich dennoch keineswegs von den sozialen Realitäten abwenden, ganz im Gegenteil. Loetscher ist eine Ausnahmeerscheinung in der Schweizer Gegenwartsliteratur nach Frisch und Dürrenmatt. Eine Ausnahmeerscheinung ist er durchaus bezüglich der literarischen Qualität. Er ist es aber auch als Intellektueller: Eben weil es ihm gelungen ist, die kulturelle und politische Enge der Schweiz in ein dialektisches Verhältnis zu bringen. Und fruchtbar zu machen.«
Jürg Altwegg

Wunderwelt
Eine brasilianische Begegnung

Herbst in der Großen Orange

Noah
Roman einer Konjunktur

Der Waschküchenschlüssel oder Was – wenn Gott Schweizer wäre
Geschichten

Der Immune
Roman

Die Papiere des Immunen
Roman

Die Fliege und die Suppe
und 33 andere Tiere in 33 anderen Situationen. Fabeln

Die Kranzflechterin
Roman

Abwässser
Ein Gutachten

Der predigende Hahn
Das literarisch-moralische Nutztier. Mit Abbildungen, einem Nachwort, einem Register der Autoren und Tiere sowie einem Quellenverzeichnis

Die Augen des Mandarin
Roman

Vom Erzählen erzählen
Poetikvorlesungen. Mit Einführungen von Wolfgang Frühwald und Gonçalo Vilas-Boas

Der Buckel
Geschichten

Lesen statt klettern
Aufsätze zur literarischen Schweiz

Es war einmal die Welt
Gedichte

In alle Richtungen gehen
Reden und Aufsätze über Hugo Loetscher. Herausgegeben von Jeroen Dewulf und Rosmarie Zeller

War meine Zeit meine Zeit

Rolf Dobelli im Diogenes Verlag

Rolf Dobelli, geboren 1966 in Luzern, studierte an der Universität St. Gallen Betriebswirtschaft und wurde dort promoviert. Er war mehrere Jahre lang Finanzchef und CEO verschiedener Tochterfirmen des Swissair-Konzerns und lebte in Australien, Hongkong, England und in den USA. 1998 gründete er zusammen mit Freunden eine eigene Firma, getAbstract, den mittlerweile größten Anbieter von Buchzusammenfassungen weltweit. Rolf Dobelli wohnt und arbeitet in Miami und Luzern.

»Dobelli hat das Lebensgefühl einer Generation in Literatur verwandelt.«
Isabell Teuwsen / Schweizer Illustrierte, Zürich

»Daß er gelernt hat, auf den Punkt genau zu formulieren, merkt man Dobellis Romanen an – dichter kann ein Text kaum sein.«
Brigitte Schmitz-Kunkel / Kölner Rundschau

»Rolf Dobelli ist der Spezialist für exakte Analysen biographischer Brüche.«
Christiane Florin / Rheinischer Merkur, Bonn

Fünfunddreißig
Eine Midlife-Story

Und was machen Sie beruflich?
Roman

Himmelreich
Roman

Wer bin ich?
777 indiskrete Fragen

Turbulenzen
777 bodenlose Gedanken